友達の後ろで君とこっそり手を繋ぐ。
誰にも言えない恋をする。
真代屋秀晃
illust. みすみ

CONTENTS

DARE nimo IENAI
KOI wo SURU.

へ。
気弱で温厚な性格。
純也とは中学の頃からの友達。
見た目は童顔で女子からも人気がある。
あさぎりひのこ
宮渕青嵐
みやぶちせいらん
イケメンでサブカル好きな好青年。
その容姿から女子にもモテるが、
本人は純也たちと騒いでいる方が楽しいと感じている。

「華麗なキリ捌きを見せてやるぜ！」
「あはは……え、えっとね、お醤油とみりんの分量に、コツがあるんだ……」
「んっま！生地ふわっふわだぞ！やるじゃねーか、成嶋！」
SCENE 2 #みんなでたこパ！

友達の後ろで
君とこっそり手を繋ぐ。

誰にも言えない恋をする

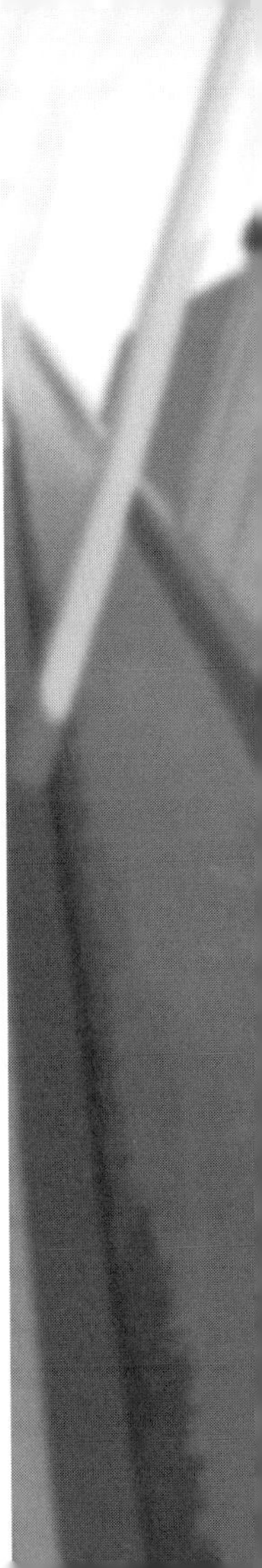

真代屋秀晃

illust. みすみ

プロローグ

人の価値観って、いろいろあると思うわけ。

たとえば友達に「カレーが嫌い」っていう珍しい奴《やつ》がいるんだけどさ。アレルギーとかそういう体質の問題じゃなくて、たんにご飯がドロドロになるから嫌なんだと。

そいつは周りから「お前、カレーが嫌いって人生半分損してるな」とか言われるたびに、うんざりするってこぼしてた。

その〝うんざり〟の部分は、ヒジョーによくわかる。

俺も周りから似たようなことをよく言われてるから。こんな感じで。呆《あき》れ気味に。

「……お前、高一で『彼女とかいらない』って、人生半分どころか九割損してるな」

いや、九割はさすがに言い過ぎだろ。

てか俺の考えって、そんなに珍しいか？

　個人的にはカレーが嫌いな奴《やつ》のほうが、よっぽど珍しいと思うんだけど。

　別に彼女なんてほしくない――俺はそういう考えの持ち主だったりする。

　一応言っとくけど、本心な。人の価値観っていろいろあるんだよ。

　だけどどうも俺のこの価値観は、同世代の男連中にはなかなか受け入れ難《がた》いらしく……。

　この話をすれば大抵「モテない奴《やつ》のひがみだろ？」とか「スカしてるね～」とか返ってくるし、真剣に聞いてる奴《やつ》がいると思えば「ま、ＢＬもありじゃね」とか勝手に納得される始末。

　違うわ。そういうの全部抜きにして、俺は本当に彼女とかいらないの。

　だって友達と大勢でわいわい遊んでるほうが、絶対楽しそうじゃない？

　もちろん彼女と二人きりで遊ぶことだって、楽しくて幸せなんだろうなとは思うよ。

　でも俺はたぶん、彼女とのデート中でも友達から「いつものメンツでモンハンやらね？」って連絡がきたら、確実に揺れる。「今からみんなでプール行くけど、お前もどう？」って誘われたら、なんで今日なんだよって悔しさのあまり地団駄を踏みまくる。

　だったら彼女なんて……少なくとも今はまだ、いないほうがいいなって。

　でもみんな、彼女を作って青春を謳歌《おうか》しようとしてるんだし、お前も――黙りなさい。

青春＝彼女を作ること？
それがしたい奴《やつ》を否定する気はないけどさ。俺的には小さいわ。
青春ってなにも、それがすべてじゃないだろ。
恋人と『二人だけ』の思い出を積み上げていくよりも。
友達と『みんなで』共有できるバカで青臭い思い出を、できるだけたくさん作ってさ。
そんでいつか大人になったら、また同じメンツで集まって。
あの頃の俺たちって青かったよな〜って笑いながら、みんなで酒とか酌《く》み交《か》わしたい。
だからこそ今は、友達とのバカ騒ぎのほうに全力投球したいわけ。
むしろそっちのほうが、今しかできない青春だと思うんだけど……………どう？

さてさて。
そんな価値観をもつ俺が、これから語るのは。
高校一年、バカで夏で、思春期ど真ん中で——男女の親友五人組で。
少し歪《ゆが》んだ形で大人になっていく、俺たち子どものまっすぐな物語だ。

◇

「おい見ろよ純也《じゅんや》！　今日もカツサンド、ゲットしたぜ！」

生徒が殺到する昼休みの購買部で、親友の宮渕青嵐《みやぶちせいらん》が戦利品を掲げた。

うちの購買部のカツサンドは、そこらのパン屋のものより圧倒的にうまい。

当然生徒たちの一番人気で、昼休みの開始直後にはすぐに完売してしまうほどだ。

「くそ……おばちゃん、こっちにもカツサンド！」

青嵐を横目で見ながら、俺も握りしめた小銭を必死に突き出す。

それでも怒涛《どとう》のごとく押し寄せる生徒たちの波に飲まれるばかりで、手が届かない。

「もう諦めろ。カツサンドは俺の分でラストらしいわ」

生徒の群れをかき分けて近づいてきた青嵐が、白い歯を見せてニカッと笑った。

「え、またお前の一人勝ちかよ⁉　これだから身長のデカい奴《やつ》は……」

「ひがむなって。あとで一口ぐらいくれてやっから」

「……俺の一口はでっかいぞ？」

俺と青嵐は、それぞれ握りしめた拳をゴチンと突き合わせる。

フィスト・バンプ――俺たちはこの青春っぽい仕草が大好きだった。

……いや、もちろんわかってるよ。

マンガや映画じゃないんだから、実際こんなことする奴《やつ》らは痛いって。

でも痛くていいんだよ。痛いのが青春だって、誰かが言ってたし。

大人になったとき、「あの頃はおたがい痛かったよな～」とか笑って話せる黒歴史。

そんなちょっぴり恥ずかしくて、でもなんか笑える黒歴史を増やすのも悪くないじゃん。

だからさ、高校生なんて多少は痛いほうがいいんだよ。

彼女作りに躍起《やっき》になるより、青嵐みたいな仲間たちと遊んでるほうがずっと楽しい。

それが童貞をこじらせるガキくさい考えだっていうのなら、俺はそれで全然構わない。

どうせ高一なんて、まだまだ痛くても許されるガキなんだから。


昼メシを調達した俺と青嵐は、校舎の屋上に足を向けた。

屋上が立ち入り禁止になってる学校は多いけど、うちの美《み》山《やまぎ》樹台《だい》高校は別。

開放された憩いの場になっていて、ベンチとテーブルのセットがいくつか置かれている。

だから昼休みは、こんなふうに多くの生徒たちで賑《にぎ》わうんだ。

まだ少し湿っぽい七月頭の風を浴びながら、生徒たちの間を抜けて一番奥へ。

背の高いフェンスの手前。そこのベンチセットに、小柄な男子が一人で座っていた。

そいつはスマホを片手に、持参の弁当を食っている。

「新太郎《しんたろう》。お待たせ」

俺と青嵐が近づくと、そいつはスマホに目を落としたまま「うん」と漏らした。

田中《たなか》新太郎。俺たちのクラスメイトで、大事な親友の一人だ。

デカくて野性味がある青嵐とは対照的に、新太郎は小さくて童顔。一部のお姉様方から妙な人気を博している温厚型ショタ……って言ったら本人は怒るけど、実際そんな感じ。

そんな新太郎はやっとスマホから顔を上げて、のんびりと言った。

「結構遅かったね。やっぱり購買部、混んでた？」

「それが聞いてくれよ。青嵐の野郎、さっき別のクラスの女子から『よかったら、お昼一緒に食べませんかっ！』とか声かけられてたんだけどさ、あっさり断ったんだぜ？　すげーかわいい子だったし、明らかに脈ありだったのに。なんで無下《むげ》に断っちゃうかなあ」

カツサンドを食い始めた青嵐を肘で突くと、その身長１８０超えのイケメンは、

「脈ありとかどうでもいいわ。よく知らねー女子とメシ食うより、お前らと一緒にいるほうが百倍楽しいからに決まってんだろ」

……やばい、泣きそう。さすが親友だ。

宮渕青嵐。

田中新太郎。

そして俺こと、古賀《こが》純也。

俺たち三人は中学時代、『彼女を作らない同盟』とかいうアホな同盟を作った親友同士。

言い出しっぺは俺だけど、きっかけになったのは青嵐だ。

俺と新太郎は小学校からの腐れ縁。中学二年のときにいろいろあって、そこに青嵐が入ってきた。

青嵐は当時から体格にも恵まれたイケメンだったから、最初はすぐに彼女ができて疎遠になるだろうなって思ってた。でも。

——俺、別に彼女とかいらねーんだわ。友達と遊んでるほうが楽しいじゃん。

その発言にやたら共感して、俺たちは例の同盟を結成。

それからは、なにをするにも三人一緒だった。

誰かの家でゲームしたり、近くの河川敷《かせんじき》で釣りをしたり、カラオケにもよく行った。

去年の夏休みなんかは、チャリで行けるとこまで行ってみようって無謀な計画を実行したりもした。タイヤの細いロードバイクなんて持ってなかったから、まさかのママチャリでな。

山を三つくらい超えたところで、さすがに限界がきて引き返したけど。

あの帰りに男三人で見たやたら綺麗《きれい》な星空や、休憩に入ったファミレスで朝まで駄弁《だべ》っていたことは、今もいい思い出だ。マジ青春。ビバ友情。痛くて最高な黒歴史のひとつ。

「お、それ今週号か？　あとで読ませろよ」

華奢《きゃしゃ》な新太郎の肩に、青嵐がごつい腕を回した。

新太郎が弁当を食いながら見ていたのは、スマホ版のマンガ雑誌だったらしい。

「え、またぁ？　いい加減、自分で課金してよ。みんなで雑誌に貢献しようよ」

「硬ぇこと言うなって。ああ、ちょうどそのマンガの続きが読みてーんだわ。この前アニメにもなってたろ？」

「青嵐って深夜アニメとか見る奴《やつ》だったっけ」

「たまたま遅くまで起きててな。サントラをアシッドジャズで固めるとか、いいセンスだわ」

「アシッドジャズ？」

首を傾《かし》げる新太郎と俺に、青嵐は説明してくれた。

「ロックとダンスミュージックが融合したみてーな、軽快でノリのいい音楽。ほら、あれだ。ペルソナみたいな感じの曲。今度ＣＤ貸してやんよ」

青嵐は見た目もそうだけど、同じ高一とは思えないくらい趣味もどこか大人っぽい。

聴く音楽もプログレやらポストパンクやらだそうで、ジャンルで語られてもまったくピンとこない俺と新太郎にいろいろ勧めてくれたりする。

俺たちにダーツとかビリヤードとか大人っぽい遊びを教えてくれたのも、やっぱり青嵐だ。

そんな一見背伸びしてそうな趣味の数々も、そう見えないところがまたすごいんだよな。

だからこいつがモテるのも納得っていうか。

いろんなことを教えてくれるから、俺も一緒にいてめちゃくちゃ楽しいし。

青嵐は新太郎から奪ったスマホで、アプリのマンガを読みながら、

「そうだ、この夏は三人でバイクの免許を取りに行かね？　去年のチャリ計画のリベンジに、ツーリングってやつをやってみようぜ」

ほら、こんなことを言ったりもする。バイクなんて発想、俺にはまったくなかったのに。

「面白そうだけど、バイク買う金はどうすんだよ」

「バイトすりゃいいじゃん。足りない分は親に前借りとか？」

新太郎もため息混じりで口を挟んできた。

「そもそも今年の夏は、僕ら三人だけじゃないでしょ……」

「あー、そういやそうだったな。ま、あいつらは後ろに乗っけてやったらいいんじゃね？」

ちょうどそこで。

「なになに？　みんな、バイクの免許取るの？」

俺たちの前に、いつもの女子二人組がやってきた。

「いいねー。あたしも『1000しーしー』ってやつ、転がしてみたいなー」

その二人のうち、髪の短いほうの女子が、高い位置でハンドルを握る仕草をする。

彼女は俺たちと同じクラスの、朝霧火乃子《あさぎりひのこ》さん。

ミディアムショートの毛先が少し外側に跳ねているところなんて、いかにも元気な彼女らしい。でもその細い首筋や整った顔立ちはしっかり女子。高い鼻梁《びりょう》と切れ長の瞳。瞳の縁にあるまつ毛は、まばたきをすれば風が吹きそうなくらい長い。

背丈は男子平均の俺と同じくらいある。でもその短いスカートからすらりと伸びた細く綺麗《きれい》な足は……たぶん俺より長い。ちょっとだけな？　この前なんか「ズボンの裾上げって、みんなするもんなの？」なんて名言までブチかましてたほどだ。

とにかく女子にしては高身長で、出るところはきちんと出ているモデル体型で。ただでさえ整った顔には薄いメイクも乗せていて。見た目はすごく大人っぽいのに――、

「朝霧さん。1000ccみたいな大型の免許は、十八歳にならないと取れないんだぞ」

「そうなん？　んじゃ興味ないな。古賀くんが普通二輪の免許取ったら、ニケツよろしく！」

――ばしん、と俺の背中を遠慮なくブッ叩《たた》いてくるような、ノリのいい子なんだよな。

「で、夜瑠《よる》は青嵐くんの後ろをキープっしょ？」

そんな朝霧さんがからかうような笑みで、もう一人の女子を見た。

「え？　そ、それはその……う、うん……青嵐くんが迷惑じゃなければ……」

少し離れたところでおどおどしている彼女は、成嶋《なるしま》夜瑠さん。やっぱり俺たちのクラスメイトだ。

成嶋さんは元気な朝霧さんと違って、内向的な女の子。胸ぐらいまで伸びたロングレイヤーの黒髪に、二重まぶたの大きな瞳。目尻が少し下がっているところにも、彼女の気弱な性格がよく表れている。身長も低くて小柄だし、庇護《ひご》欲を掻《か》き立《た》てられる小動物って感じ。

そんな成嶋さんだけど、衣替えが済んだ白シャツの前ボタンは、苦しそうに、弾《はじ》かれてしまわないように、必死でがんばっていらっしゃる。

俺の見立てでは、たぶんFカップ以上。いわゆるチビ巨乳。いや、チビ爆乳。ぽってりした唇に引かれた桃色のリップと相まって、やたらセクシーに見えるんだよな。ギャップ萌《も》えっていうか、引っ込み思案な彼女のいいアクセントだと思う。

朝霧さんと成嶋さんは見た目も性格もまるで違う二人だけど、どっちも美少女っていう点は共通だ。ワイルドイケメンの青嵐や、可愛《かわい》い系の新太郎ならともかく、俺みたいにモテる要素皆無のクソ地味野郎が彼女たちと一緒にいるのは、少し気後れしてしまうほど。

実際、周りもそう見てる。俺はクラスの男連中から、「お前、青嵐と田中を餌にして、レベルの高ぇ女を二人もうまく釣りやがったな？」なんて言われていた。

ただ勘違いしないでほしい。確かに朝霧さんも成嶋さんも、魅力的な女子だと思うけどな。

俺たちはあくまで『ただの友達』だ。

男三人のグループに、新しく二人が入ってきただけ。それがたまたま美少女だっただけ。

そこに恋愛絡《がら》みのヨコシマな考えは微塵《みじん》もない――――そう思ってる。


少なくとも、俺はね。


「ほら夜瑠。青嵐くんに用があったんでしょ？」

「う、うん……」

朝霧さんに背中を押された成嶋さんが、か弱いウサギのように、ちょこちょこと前に出て。

水玉模様のハンカチに包まれた『それ』を、青嵐に差し出した。

「そ、その……青嵐くん。よかったらこれ、食べてくれない……？」

「なんだそれ？」

首を傾《かし》げた青嵐が受け取って、ハンカチをほどく。

もちろん『それ』の正体は、みんなの想像通り。

「おっ、弁当か」

「う、うん……えっと、私が作ったの。青嵐くん、いつもパンだったから……」

俺も毎日パンなんだけどね。

成嶋さんはもちろん俺なんて眼中になく、恋する少女の瞳で青嵐だけを見つめている。

「……ほんとモテるよね、青嵐は」

「……だな」

新太郎と俺が小声でそう囁《ささや》き合う視線の先で、青嵐は小さな弁当箱のふたを開けると、

「意外とボリュームあるな……一人で食い切れるかな……」

明らかにこっちを見て、そう言った。まさかこいつ、この場面でも俺に……。

「……どうすんの純也？」

「……いや、どうするもなにも……さすがに恨まれるって……」

新太郎と囁《ささや》き合っているうちに、青嵐はいよいよストレートに切り出そうとする。

「なあ純也。さっきお前、まだ腹減ってるって」

「じゃあ唐揚げは俺がもーらいっ！」

半《なか》ばヤケになった俺は、その弁当箱から小麦色の唐揚げを奪い取った。

口に放り込むと、ジューシーな肉汁とスパイスの香りがいっぱいに広がる。

うむ、うまい。

ぽかんとしている成嶋さんに代わって、朝霧さんが声を張り上げた。

「おい古賀純也！　それは夜瑠が青嵐くんのために作ってきたもんだぞ⁉」

「だって俺、腹減ってたしさ」

「だとしても、最初に食べる権利は青嵐くんに譲るべきだろ〜？」

うん、俺もそう思う。

その青嵐は大人びた顔で笑いながら、しれっとフォローを入れてきた。

「はは。まあ俺もカツサンド食っちまったあとだしな。これみんなで食っていいか、成嶋？」

「う、うん……もちろん……みんな、どうぞ……」

青嵐の体格からして、カツサンドひとつでお腹《なか》いっぱいになるわけがない。これは成嶋さんの好意は受け取れないっていう、やんわりとした意思表示だ。

もちろん横槍《よこやり》を入れてしまった俺だって、成嶋さんには悪いと思ってるよ。

でも本音を言えば……俺はあともう少しだけ今の関係のままでいられたら、とか思ってる。

なにをするにも一緒だった俺たち三人は、高校生になって——五人組になっていて。

そしてその五人組は俺にとって、もうとっくに——。


「この唐揚げマジでうまいな！　もう一個もらっていい？」

「もー、古賀くんそんなにお腹空《なか》いてるなら、あたしのパンでも食ってろ！」

「んもごおっ⁉」

朝霧さんに焼きそばパンを口に押し込まれた俺は、貴重な水分を求めて新太郎の水筒に手を伸ばす。

すかさず朝霧さんが新太郎に身を寄せる。

「田中くん、渡したらだめだよ。これは古賀くんへの罰ゲームだから」

「……だそうだよ。ごめんな」

新太郎が水筒を引っ込めて。

「おい純也、口から焼きそば垂らしてたら、クトゥルフの邪神みてーだぞ。動画残しとくわ」

青嵐がスマホで俺を動画撮影とかしやがって。

「あはは……古賀くん、ほんとに息苦しそうだけど……その、私のお茶、飲む……？」

弁当を俺に取られた成嶋さんだけど、気弱な笑みで自分の水筒を差し出してくれて。

「もぉ〜、夜瑠はこんな男にまで優しくしなくていいの！」

朝霧さんがそれを咎《とが》めつつも笑って。


——俺にとってこの五人組は、もうかけがえのない親友グループになっていた。

まだ五人になってから日は浅いけど、過ごした年月なんて関係ない。

なんだかずっと昔からの友達だったような、本当に居心地のいい空気感。

もう誰か一人でも欠けることなんて想像もできない、最高の仲間たち。

それでも……色恋が絡《から》めば、この関係が終わってしまうことも、俺はよく知っている。

そしてそのときは受け入れるしかないってことも、当然承知だったからこそ。

俺はこの五人がまだ親友グループのままでいられるうちに、みんなで共有できる最高にバカで青臭い思い出を、ひとつでも多く残しておきたかった。


「おっしゃ！　せっかくだし記念撮影いっとこうぜ！　みんなこっち集まれ！」

「ああ？　なんの記念だよ？　お前ってほんと、わけがわからんっつーか……」

「そもそも僕、まだ弁当食べてる最中なんだけど……」

「あははっ、みんな男のくせにノリ悪いなあ！　ほらほら、あたしのスマホで撮ろーっ！」

「あ、あの……そ、そんなに引っ張らないで……って、え、も、もう撮っちゃった？」


梅雨明けのうららかな昼休み。男女の別とか関係なく騒ぎ続ける親友五人組。

この最高の時間が少しでも長く続いてくれるなら。

俺は本当に彼女なんていらない――と、思っていた。


これは少し歪《ゆが》んだ形で大人になっていく、俺たち子どものまっすぐな物語。

第一話　秘密

高校に入学したばかりの頃は、俺と新太郎《しんたろう》と青嵐《せいらん》の男三人だけだった。

そんな悪友たちと高校でも同じクラスになれたことを喜んで。毎日三人で騒いでいたら。

いつからか成嶋夜瑠《なるしまよる》さんが、俺たちの横にいた。

内気で引っ込み思案で、口数は少なかったけど、なんかいつも近くにいた。

休み時間に三人でスマホゲーをやってるときも。昼休みに屋上でメシ食ってるときも。放課後の教室に居残って、これから遊びに行く場所の相談をしてるときも。

成嶋夜瑠はいつも俺たちの傍《そば》で、気弱な笑みを浮かべていた。

青嵐目当てに近づいてきたってことは、すぐに察した。おとなしい女の子なのに、そういうところはやけに積極的なんだって感心したくらい。

とにかくずっと横にいるもんだから、成嶋さんも誘って四人でスマホゲーをやったり、一緒に帰ったりしていたら。

「なーんか悪い男子三人組が、気弱な女子を連れ回してるように見えるんだけど？」

男グループに一人でいる成嶋さんを気遣ってか、朝霧火乃子《あさぎりひのこ》さんが強引に入ってきた。「あたしも仲間に入れろよ〜」って。

こうして男だけの三人グループは、女子二人を加えた五人グループになった。

みんなでカラオケに行ったり、ボーリングに行ったり、ファミレスに行ったり。

早いもんで、五人グループになってから約二ヶ月。

いつしか俺たちは、この五人でいることが当たり前になっていた。

◇

「あ、あのさ青嵐くん……もしよかったら、その、今度の日曜日、映画に行かない……？」

休み時間の教室で、成嶋さんが青嵐を映画に誘っている場面を目撃した。

「あー、今度の日曜なぁ」

茶色がかった髪をくしゃりと掻《か》く青嵐が、ちらっと俺を見る。

……はいはい、わかってるって。ちょっと待ってろ……。

ため息をついた俺は、無理やりテンションを上げて青嵐たちの輪に突撃した。

「なになに映画行くの⁉　俺もちょうど観《み》たいのがあったんだよなっ！」

青嵐は助かったとばかりに、こっちに笑顔を向ける。

「ああ、そういや純也《じゅんや》、言ってたな。確か今上映中のB級アクション映画だっけか？」

「それそれ！　爆発シーンばっかりのバカ映画らしいけど、あれみんなで観に行かね⁉」

「ははっ、面白そうじゃん。成嶋もそれでいいか？」

青嵐に話を振られた成嶋さんは、ぽかんと口を開けて俺たちを見ていた。

そしてやっぱり気弱な小動物のように肩をすくめて、小さくはにかむ。

「そだね……そういう映画は、みんなで観《み》たほうが……楽しいもんね……」

近くにいた新太郎が、俺に耳打ちしてきた。

「……あのさ。やっぱりこういう邪魔は、よくないんじゃないかと……」

「……言わないでくれ。俺だって胸が痛いんだよ」

一応ふれておくけど、これはもちろん『彼女を作らない同盟』とは一切関係ない。そもそもあんな同盟、中学時代にノリで騒いでいただけのおふざけで、誰も本気にしちゃいない。

これは別途、青嵐から頼まれていたことだった。

最近の成嶋さんは、隙あらば青嵐と二人きりになろうとする。さすがに青嵐自身もいろいろ察したみたいで、「もちろん嫌いじゃねーんだけど、みんなでいるほうが楽しいからさ。お前らがうまく割り込んできてくれよ」って。

だから横槍《よこやり》を入れるのが俺たちの役目。

とはいえ、新太郎はキャラじゃないから、実質俺一人だけの役目。

それでも一向にめげない成嶋さんは、ほんとに健気《けなげ》で、俺にはもう罪悪感しかない。

だったらなんで俺は、そんな無茶な頼みを断ったりしないのか。そんなの決まってる。


俺自身、グループ内での色恋沙汰は「もう少し待って」とか思ってるからだよ。


友達グループの恋愛問題は本当に難しい。

たとえばこれは、仕方ないことだって承知の上で、あえて言うけれど。

誰かが誰かに告白したら、失敗や成功に関係なく、そこで俺たち五人はもう終わり。

告白に失敗した人は当然グループにいづらくなって離れていくだろうし、成功してカップルができても同じこと。そのカップルにも気を遣って、やっぱり多少は距離ができてしまう。

だから本当の意味で俺たち五人が気兼ねない親友同士でいられるのは、今だけなんだ。

成嶋さんが告白に踏み切ったとして、青嵐と付き合うことになるか、ふられることになるかは知らないけど――いや残念ながら、ふられる可能性のほうが高いんだけどさ。

どっちにしても俺はあと少し、せめてこの夏が終わるまでは、今の友達五人組のままでいたかった。色恋とは無縁の、気楽な親友同士の関係でいたかった。

勝手な考えなのは重々承知だ。自分でも性格が悪いって思ってる。

でもほんと、この夏が終わるまででいいんだよ。だって俺たちはこの夏、みんなで――。

朝霧さんが「こらこら〜っ！」と飛んできた。

「まーた夜瑠の意見を聞かないつもり？　ほんっと、この男どもは……」

「い、いいのいいの火乃子ちゃん。映画ならみんなで行こう？　ね？」

ああ、内気な成嶋さんにこんな顔させて、ほんと申し訳ない……嫌な男でごめんな。

でもそんなのわかっていても。首を突っ込まずにはいられないくらい。

俺はこの五人で一緒にいることが、本当に当たり前になりすぎていたんだ。


誰も部活をやってない俺たちは、帰るときもやっぱり五人一緒だ。

話題はもうすぐ始まる一学期の期末考査について。

みんなで勉強会しようって話が出て。でも駄弁《だべ》って終わりそうだなって笑い合って。

やがて俺は、いつもの交差点で立ち止まった。

「じゃあまた明日な」

俺以外はみんな電車通学なんで、ここで全員と別れることになるんだけど。

「あ、そ、その……今日は私も、こっちに用があるから……みんな、ばいばい……」

なぜか成嶋さんも俺と一緒に残っていた。

こっちに用って、どこか立ち寄れるような場所あったっけ？　この辺はただのド田舎だぞ。

とくに疑問を抱いてない様子の青嵐たちが、「んじゃ、またな」と手をあげて歩き去って。

その場には、俺と成嶋さんの二人だけが残された。

「成嶋さんはこれからどこ行くんだ？」

「うん、じつは古賀《こが》くんと二人で話したいことがあるの。ちょっとついてきてくれない？」

……なるほど。俺に相談ってわけか。きっと青嵐のことだよな。

それ以上はとくに触れず、もうさっさと歩き出していた成嶋さんのあとを追った。


梅雨明けのクソ暑い日差しのなか、俺は先を行く成嶋さんに続いて、畑ばかりが目立つ広い県道をひたすら歩かされていた。

なんともう『四十分近く』もな。もちろん俺の家なんてとっくに通り過ぎている。

どこに向かってるのかは未《いま》だに謎。目的地が見えない行軍は、かなり精神にくる。

加えて成嶋さんは口数が少ないタイプだから、それがまた疲労に拍車をかけてくるわけで。

「なあ、マジでどこまで行くんだよ……」

暑さと疲労でげんなりしながら、もう何度目かになるセリフをつぶやいても、

「もうちょっと」

端的にそう返ってくるだけ。ずっとこのやりとりの繰り返し。ひたすら繰り返し。

「……あのさ。もうその辺で立ち話でもよくないか？　歩くの疲れたんだけど」

全身にまとわりつく汗を鬱陶《うっとう》しく感じながら、いよいよ俺が立ち止まったとき。

「だらしないなあ」

振り返った成嶋さんが、くすっと笑った。

あれ。こんな顔する子だったっけ。

その顔は普段の気弱な小動物っていうよりも、むしろ獲物を狙う側の狩人《かりゅうど》に近かった。

「まあ、ここでもいっか」

成嶋さんは県道の角にあるでっかい駐車場付きのコンビニを指差して、

「ねえ古賀くん。アイス買ってきてくれない？」

「え、なんで俺が」

「女子の頼みは聞くもんだよ。ふふっ」

……やっぱりなんかおかしい。いつもと雰囲気が違う。「キミって成嶋夜瑠さんだよな？」って聞いてしまいたくなるくらい、今の彼女は違和感の塊だった。

「まあいいけど。お金はあとでもらうぞ」

「えっ？　女子からお金とるんだ？」

なんだこの子。

そういうセリフは思ってても言わないのが礼儀だろ。

もしかしてあれか。俺が青嵐との仲を邪魔しすぎて怒ってるのか。

だとしたらまあ……こっちも悪いんだけど。


罪悪感に負けた俺は、素直に従ってコンビニにアイスを買いに行った。

このあとすぐに気づくことになる。

やたらと歩かされていたのは、どうやらただの『嫌がらせ』だったってことに。


コンビニの駐車場で俺からアイスバーを受け取った成嶋さんは、「ありがと」と短く礼を言って、シャクシャク食べ始めた。

「んで？　俺に話ってなんだよ？」

自分用に買ったスポーツドリンクを一口飲んで、ため息。

どうせ青嵐についての相談だろうけど、早いとこ帰ってシャワーを浴びたい。

「んふふ」

成嶋さんはアイスバーに赤い舌を這《は》わせながら、嗜虐《しぎゃく》に満ちた笑顔で俺を見ると、

「古賀くんってさ、ほんと空気読めないよね」

「え？」

「まさかとは思うけど、気づいてないの？　私が青嵐くんを気にかけてること」

いや、もちろん気づいてるけど。

てゆーか、あれだけアピールしてて気づかないほうがおかしいっていうか。

「わかってるくせに、わざとあんなガキみたいな邪魔してくるんだよね？　なんで？」

「が、ガキって……」

事実そうなんだけど、思いのほか険のある口調に少し萎縮する。

「ねえ答えてよ。なんで私が青嵐くんに近づこうとしたら、いつも邪魔してくんの？」

「え、えっと、どう言えばいいのかな……」

青嵐の頼みで――なんてさすがに言えないし。

それに結局は俺の意思でもあるわけで。

成嶋さんの妙な迫力に気圧《けお》されていた俺は、別にかゆくもないこめかみをぽりぽり掻《か》いて、

「その……俺は今の友達五人組の関係が好きで……だからあともうちょっとだけ、このままでいたいっていうか……」

きょとんとしていた成嶋さんはやがて、

「――ぷっ、あははっ！　なにそれ？　え、そんなのが理由？　あはははははっ！」

哄笑《こうしょう》だった。

「まあ高一のオスガキだったら仕方ないのかな……にしても、あはっ。童貞すぎてウケる」

……ちょっと待って。

いや、マジで待ってくれ。さっきからずっと変に思ってたんだけど。

え、これが成嶋夜瑠の正体？　そういうこと？

引っ込み思案で内向的な普段の姿は、いわゆる猫かぶりで……まさかこれが本性なの？

「えっと……まずはごめん。確かに最近の俺は、成嶋さんに嫌われて当然のことを……」

ひとまず素直に謝ったんだけど。

「あー、それは気にしないで。どうせ私、古賀くんのことは最初から嫌いだったから」

さ、最初から嫌いって……マジすか……そんなあっさり言わなくても……。

「テンションうざいし、ガキだし、いつも青嵐くんの横にいるしさー。初めて会ったときからずっと『消えてほしいな～』って思ってたんだよね。あ、七夕《たなばた》の短冊《たんざく》に書いてみようかな！」

てかこの二面性よ……ちょっとやばくない？　学校と違いすぎてびびるんですけど。

「あの——……成嶋さんのそれって……」

「はっ、消える準備はお済みでしょうか。偉大なるクソガキー・キングダムの童貞大王様」

——うん。俺もこいつ、苦手かも。

いじめっ子の笑みで「びしっ」と敬礼する成嶋夜瑠を見て、そう思った。

そりゃ青嵐の頼みとはいえ、いろいろ邪魔してたのは完全に俺が悪いよ？　でもそれを差し引いても、この暗黒面はやばすぎる。しかも俺のことは最初から嫌いだったって……。

これまで仲良し五人組だって信じてた分、すげーショック。

でも五人でいるときの彼女は、いつもバカ騒ぎする俺たちの端っこで控えめに笑っていて、それが全員の潤滑油の役割を果たしていて、やっぱり必要な存在だったりする。

だからたとえあれが猫かぶりだったとしても、今後も五人でいるときはそれを貫き通してくれるなら、この本性だって見なかったことにしてやっても――。

「んふ。消えてほしいって言ってもね。そのままの意味じゃないんだよ。そこで一応確認」

成嶋さんはぷっくりした唇をすぼめて、アイスの棒をやたら扇情的にしゃぶったあと、

「古賀くんってさ。火乃子ちゃんのこと、好きでしょ？」


「なっ……⁉」

「あはは。わかりやすい反応。まじ童貞だ。かわいいな～、大王様♪」

なんでそれを――知っている？

青嵐にも、新太郎にも。もちろん朝霧火乃子さん本人にも。

誰にも言ってない俺だけの秘密なのに。

「火乃子ちゃんは気づいてないと思うけどさ。古賀くんって、火乃子ちゃんみたいなタイプの女の子、好きそうじゃん。友達と騒ぐのが好きな男子だったら余計にさ」

図星も図星。

俺は朝霧火乃子さんに惹《ひ》かれている。

かわいいからってだけじゃない。彼女は男友達みたいで、一緒にいるとすごく楽しいんだ。

最初はただの友情だって思ってたけど、いつしか朝霧さんを目で追っている自分がいて。

これは恋愛感情なんだって気づいてしまった。

だからって、もちろん恋人になりたいとかは思ってない。告白する気もない。

俺は今の友達五人組の関係が好きだから。

だから朝霧さんへの気持ちは、厳重に鍵をかけて、心の奥底にしまっておいて。

一生、外には出さないつもりだった。

「そんなわけで、私が火乃子ちゃんとの仲を取り持ってあげる。古賀くんに彼女ができたら、さすがに私と青嵐くんの間にも入ってこないでしょ？　おたがいメリットしかなくない？」

「……必要ないよ」

「お？　じゃあ自分でなんとかするってこと？　へえ～、意外と男気あるんだねえ～？」

身長の低い成嶋さんが、俯《うつむ》き加減の俺を覗《のぞ》き込んできた。底意地の悪い満面の笑みで。

そして近い。その凶暴なロケットおっぱいが、こっちに当たりそうなくらい近い。

「でもこういうのって、協力者がいたほうが絶対うまくいくよ？　協力してあげるって言ってるんだから、素直に『お願いします、成嶋夜瑠さま』って頭下げてみたら？　ほらほら～」

「だから、いいってば」

「ふふ。ま、私としては古賀くんに彼女ができるなら、なんでもいいんだけどね」

いじめっ子の笑みを残す成嶋さんに、俺はスポーツドリンクを飲み干してから言った。

「――ぷはっ。いや俺はどうもしないよ？　今の友達関係のままで満足してるし」

「は？」

成嶋さんは、なにを言われたのかわからないって顔をしてる。

それは少しずつ滲《にじ》み出した怒気で、徐々に歪《ゆが》んでいった。

「どういうこと……？　火乃子ちゃんのこと好きなくせに、なにもしないわけ……？」

「そうだよ。あ、言ってなかったっけか。俺、彼女とか作る気ないいんだ」

「なにそれ……こっちは相手が嫌いな古賀くんでも、わざわざ協力するって言ってんだよ!?」

うーわ、また「嫌い」とか言ってくるし……。

それは思ってても言わないほうがいいだろ。

俺だって成嶋さんはもう苦手だけど、なるべく良好な関係でいたいって思ってるんだぞ。

やっぱり俺にとって、あの五人の時間は本当に特別だから。

でもここまで敵意をぶつけられたら、さすがにちょっとは腹が立ってくる。

そもそも俺って、割とメンタルが豆腐っていうか。

他人の悪態には滅法弱いんだよな。めちゃくちゃ凹《へこ》むわ。こいつ、ちょっと怖いし……。

「えっと、ようするにさ。成嶋さんが俺と朝霧さんをくっつけたいのは、青嵐の前から消えてほしいって思ってるから……なんだよな？」

「だからそう言ってんじゃん！　いつも青嵐くんの横にいる古賀くんなんて、私にとって生ゴミ同然なの！　くっそ邪魔だし、さっさと処分されて散れよ！　ほんっと頭にくるなぁ～！」

ああもう、マジで泣きそう。

まさかここまで恋愛脳で、裏表のある口汚い女が、俺たちのグループにいたなんて。

この先うまくやっていけんのか俺。こいつ性格悪すぎだろ……。

「はあ……」

ため息混じりでスマホを耳に当てた。

まあ性格の悪さで言えば――悲しいけど、俺のほうが上なんだよな。


「だってさ。聞こえたか青嵐？」


「ふえっ⁉」

スマホに向かって話し始めた俺を見て、成嶋さんは一瞬で青ざめた。

「え？　よく聞こえなかった？　じゃあ俺の口からもう一回言うわ。成嶋さんが言うには、俺が生ゴミで、さっさと処分されてほしいって……」

「ちょちょちょ！　待って待って！　え？　ええっ⁉」

「ああ、この声？　うん、あの成嶋夜瑠さんだよ。いやー、びっくりだよな。まさかこんなにでっかい声が出せるなんてさ。学校では完全に猫かぶってたっていうか」

「なんで青嵐くんと通話繋《つな》いでんの⁉　ちょっ、かか、貸して！」

慌てて飛びついてくる成嶋さん。俺はスマホを耳から離して、口元を釣り上げた。

「嘘《うそ》だよ」

「……は？」

まだ怯《おび》えた顔をしてる成嶋さんに指を突きつける。

「ばーかばーか！　引っかかったな！　そんなに今の話を青嵐に聞かれたくなかったか！」

「────このガキ」

あー、めちゃくちゃ怒ってるわ。刃物があったら躊躇《ちゅうちょ》なくブッ刺してきそうなくらい。

ともかく俺の予想は的中した。やっぱり青嵐の前では猫かぶりを貫き通したいらしい。まあそのほうが庇護《ひご》欲を掻《か》き立《た》てられるし、青嵐も構ってくれそうだもんな。

成嶋さんは溜《た》まりに溜《た》まったストレスを俺にぶつけるため、あえて本性を出して近づいてきた。強気な態度で自分のペースにして、俺に彼女作りの協力を打診する算段だったんだ。

で、そのあときっと「うまくやってあげるから、私が猫かぶってることも秘密ね♪」とでも言うつもりだったんだろうけど、大誤算だったな。

だって俺、最初から彼女を作る気なんて、さらさらないんだから。

「……アゴ砕いてやる」

物騒なセリフとともに、成嶋さんが拳を振り上げたところで。

「おいおい、そんなことしていいのか？　成嶋さんがみんなの前では猫かぶってたこと、青嵐に言っちゃってもいいのかな？」

「そ、そんなの信じるわけないじゃん。いくら古賀くんたちの付き合いが長くても」

成嶋さんが一歩後ずさった。その顔を見れば、怯《おび》えているのは十分に伝わる。

「まあそうだな。それだけ成嶋さんの猫かぶりは完璧だし。でも俺がそう言ったら、少なくとも青嵐だって疑いくらいはもつだろ。見る目が変わるっていうか、それは困るんじゃない？」

そこで成嶋さんも反撃に出る。

「こ、こっちだって古賀くんが火乃子ちゃんを好きだってこと、みんなに言いふらしてもいいんだよ⁉　グループを大切にしたい古賀くんなら、それ困るよね⁉」

「あー、確かに困る。でもそうなったら成嶋さんの本性も明かして、また元の男三人組に戻るだけかな。俺は今の五人でいるのが好きだけど、まあそうなったらしょうがないし」

青嵐のことが好きで、距離を縮めたいと思っている成嶋さん。

朝霧さんのことは好きだけど、距離を縮めようとは思ってない俺。

マウントをとっているのは、明らかに俺だ。

「最っ低……想像以上のくそガキだわ……古賀くん性格悪すぎだし！」

「ああ。ほんと自分でもそう思うよ……でもな？　そっちが言えた義理かこの猫かぶりのエセ陰キャおっぱいが！　さてはそのでかい乳も偽物《にせもの》だろ⁉」

「おっぱ……ほ、本物だし！　なんなのこのくそ雑魚《ざこ》童貞の、ざ古賀！　雑魚《ざこ》のざ古賀！」

ざ古賀って、初めて言われたわ、そんな悪口。割と面白いじゃないか。

「あのさ。ひとつ聞いていいかな」

「なに⁉」

「なんで俺が録音してないと思ってるんだ？」

またスマホを見せつけてやる。成嶋さんは「はっ」と息を呑《の》んだ。

「と、録《と》ってたの……？」

「いや、もちろん嘘《うそ》」

「このくそ雑魚《ざこ》野郎ッ！　まじで死ねッ！　パンツ脱がしてやるからそのまま死ねッ！」

「クチわっる……まあ録音なんてしなくても、明日俺が言えば一緒だしな」

「ま、待ってよ。それだけはやめて」

その怯《おび》えた顔だけは、やっぱり普段の小動物みたいだった。

「どうしたら言わないでいてくれるの……？」

「俺とも今までどおりにしてくれたら」

やっと言いたかった言葉を口にできた俺は、安心させるように笑顔を作る。

「成嶋さんに嫌われてるのは仕方ないけど、それでも俺は、あの五人でいる時間が本当に好きなんだ。だからこれからも、俺とは普通にしてくれたら嬉《うれ》しい。せめてみんなの前では」

成嶋さんが目元をぐしぐしこすった。どうやら泣いちゃったらしい。

う……やりすぎたか。俺ってムキになるタイプだからな。そこは素直に反省しよう……。

「わかった。古賀くんのことはもう顔も見たくないくらい大嫌いだけど、がんばってみる」

「お、おう……よろしくな」

「でも私、青嵐くんのことも諦めないから」

「……わかってるよ。俺だってずっと今の五人のままでいられるなんて思ってないし。これからはなるべく成嶋さんの恋路の邪魔もしないようにする。今までほんとごめん」

「なるべく、なんだ」

まだ目尻に涙を残していた成嶋さんが、上目遣いで睨《にら》んでくる。

「い、いやそれは言葉のアヤってやつで、もうしないってば。とりあえず仲直りしないか？」

俺が差し出した右手を、向こうもおずおずと握ってきた。

ほとんど初めて握った女の子の手。

それは噂《うわさ》通り、ふわふわで柔らかくて。べちゃっとしていて、硬い棒の感触が――、

「って、おおおおおおおおおおおおおおおい⁉」


握手を断ち切った俺の右手には、成嶋さんが食べ切ったアイスの棒が張りついていた。

「んふふ。私をいじめたお返し」

この笑顔……さてはこいつ、嘘泣《うそな》きだったな……⁉

「じゃあね、古賀くん。わかってると思うけど、私は近いうちに、青嵐くんに告白するから」

「あ、そ、それなんだけど、ちょっとだけ待ってくれないか。もちろん告白するなって言ってるわけじゃないんだ。ただもう少しだけ、せめてこの夏が終わるまでは……！」

俺たちはこの夏、みんなで遊ぶための大きな計画を立てている。

きっと今の五人のままで過ごせる最初で最後の夏。その夏を彩《いろど》る一大プロジェクト。

だからせめてそこまでは、色恋とは無縁の親友グループでいたいと思っていて。

告白はせめて、その計画を実行するまで待ってほしい――――そう思ってたんだけど、

「そんなの私の知ったことじゃないよね？」

もちろん俺の身勝手で儚《はかな》い願いは、ばっさりと斬り捨てられた。

「古賀くんはグループの関係を大事にしたいみたいだけど、私はそんなのどうでもいい。自分のタイミングで告白して、駄目だったらさっさと抜けて次の人を探す。それだけだから」

そして成嶋さんは、握手のときに自分の手にもついてしまったアイスを一瞥《いちべつ》すると、

「今日のことは二人だけの秘密だよ。約束、守ってね」

わざと俺を見つめたまま、学校では決して見せない小悪魔の笑みで、それを舐《な》めとった。

「はあ……どうなっちまうんだ……この夏は……」

成嶋さんと別れたあと、重い不安に駆られていた俺はそうつぶやいていて。

まだ手のひらについたままのアイスを眺めてみる。

七月の暑い日差しに当てられたその氷菓子は、早くも乾き始めていて。それでも粘り気だけはしつこく残していて。

ハンカチなんて持っていない俺は、制服の裾で拭こうとしたけど、それも躊躇《ためら》われて。

俺も成嶋さんと同じように、舌でそっと舐《な》めとってみた。

自分の手汗による苦みの奥に、蕩《とろ》けるような甘さがあった。

それは成嶋夜瑠と『最初の秘密』を共有した証《あかし》として、生涯忘れられない味となる。

第二話　隣人

「でさ、夏のビッグパーティ計画なんだけど」

次の日の下校中、俺はいつものメンバーに切り出した。

「花火大会はもちろん確定として、やっぱバイク旅行って現実的じゃないと思うんだよな」

青嵐《せいらん》が唸《うな》った。

「まーなあ……だったら去年みてーに、チャリで山越えとか？　キャンプ用品とか用意して、今度こそ行けるとこまで行ってみるってのはどうよ？」

「今年は朝霧《あさぎり》さんたちもいるし、女子にそれはきついだろ」

その朝霧さんに目を向けると、彼女は太陽みたいに元気いっぱいの笑みを作って、

「ん？　あたしは全然おっけーだよ？　むしろやってみたいっ！」

俺の背中をばしんと強く叩《たた》いてくる。

「あたしとしては、古賀《こが》くんと田中《たなか》くんの体力のほうが心配かなぁ。運動苦手っぽいし、去年引き返すことになったのも、二人が青嵐くんの足引っ張ったからなんじゃないの〜？」

お気づきかもしれないけど、女子たちは宮渕《みやぶち》青嵐のことを「青嵐くん」って名前呼びしてるのに対して、俺と新太郎《しんたろう》には「古賀くん」「田中くん」とばっちり苗字《みようじ》呼び。

まあ「青嵐」って名前、かっこいいもんな。

からかう口ぶりだった朝霧さんに、新太郎がフォローを入れてくれた。

「足を引っ張ったのは僕だけだよ。純也《じゆんや》がいなかったら、下山だって危なかったかも」

青嵐が俺の肩にごつい腕を回してくる。

「そうそう！　お前ら、この古賀純也をナメんじゃねーぞ？　こいつはすげー奴《やつ》なんだから」

「あ、あの……古賀くんが、なにかしたの……？」

これは成嶋夜瑠《なるしまよる》。俺を見て不思議そうに首を傾《かし》げている。

昨日のアレを目の当《あ》たりにした身からすれば、この猫かぶりも噴飯物なんだけどな。

最初はちょっと心配だったんだ。みんなの前では普通にするって約束をしたとはいえ、もう俺とはクチも利《き》いてくれないんじゃないかって。

でもそれは杞憂《きゆう》だった。成嶋夜瑠はばっちり猫かぶりを貫き通したまま、俺とあんな喧嘩《けんか》があったことも悟られないように、本当にいつも通りの感じで接してくれていた。

こいつの正体は恋愛脳のエセ陰キャおっぱいだけど、ひとまずはもうしばらく平凡な仲良し五人グループを続けられそうで、少しほっとする。

青嵐が穏やかな笑みで、青すぎる空の向こうに目を投げた。

「去年の夏のチャリ計画はさ。なんの考えもなしに、とりあえず行けるとこまで行ってみようぜって話だったんだよ。もちろん全員、日帰りのつもりだったんだけどな。これが誰も『そろそろ帰ろうぜ』って言わねーの。辺りがだんだん暗くなってきてもだぜ？」

「最初にそれを言った奴《やつ》が負けって空気だったもんな」

懐《なつ》かしくてつい笑ってしまう俺に、青嵐が頷《うなず》く。

「ああ。そんで三つ目の山を超えたあたりで、新太郎のチャリがパンクしてさ。もうすっかり夜だったし、周りに人は全然いねーから、みんなめちゃくちゃ焦《あせ》ったんだ」

「え、山を越えようってしてるのに、なんの対策もしてなかったわけ？　ほら、パンクの修理キットを自転車に積んどくとかさ」

朝霧さんの言うことはもっともだけど、中三の俺たちってとにかく無謀だったんだよな。

「だいたいママチャリだったんでしょ？　もうその時点でめちゃくちゃっていうか……それで結局、みんな歩いて帰ったの？」

新太郎が俺を見て、にっこり笑った。

「純也が言ってくれたんだ。『俺の荷台に乗れ』って」

「そうなんだよ！　新太郎も俺もどうしたらいいかわかんねーで泣きそうだったのにさ。この古賀純也って男は、まさかのニケツを提案したんだぜ⁉　早朝からの強行軍で、もう全員ボロボロに疲れ切ってた状態なのにさ。あれはなかなか言えねーぞ？」

「それに僕や青嵐が途中で何度も交代するって言っても、純也は頑《かたく》なに譲らなくてね。本当に最後まで僕を後ろに積んだまま、ちゃんと家まで送り届けてくれたんだ」

……むず痒《がゆ》い。あれはたんに、俺が言い出しっぺだったから責任を感じただけなんだけど。

朝霧さんが俺を見ながら、呆《あき》れた息をついた。

「だからそうなる前に帰ったらよかったのに……みんな、ほんとにバカだねえ……」

「バカでいいんだよ」

確かにあのときは足がパンパンでかなりきつかったけど、おかげでめちゃくちゃ綺麗《きれい》な星空が見られた。男三人、途中のファミレスで朝まで愚痴を言い合う反省会だってできた。

そういうのをバカっていうのなら、利口よりも断然楽しくて、幸せで、最高だと思う。

そしてそれを無計画な子どものやることだっていうのなら、俺はまだまだ子どもでいい。

「ふーん……そっかそっか。うん。やっぱ男っていいね」

それは朝霧さんの独り言。重ねた両手をぐーっと伸ばして、でっかい空を仰ぎ見る。

「なんかさー。古賀くんたちと一緒だったら、絶対この夏も楽しくなりそ。ね、夜瑠？」

朝霧さんに振られた成嶋さんが、俺を一瞥《いちべつ》した。

「……そだね」

その目は暗に「ならねーよ」って言ってるみたいで、なんとなく居心地が悪い。

そんな話をしてるうちに、俺が別れる交差点にやってきた。

「まあ夏休みの計画はまた話し合おうぜ。じゃあ俺はこっちだから」

またな、って言って背を向けたところで。

「あ、そういや夜瑠の住む物件、決まったんだって。今度みんなで遊びに行こうね」

朝霧さんが思い出したようにそう言った。

「へえ。いよいよ成嶋さんも一人暮らしスタートか。おめでとう」

かく言う俺も、高校に入学した時点から一人暮らしをしている。

青嵐、新太郎とは地元が一緒なのに、俺だけ電車通学じゃない理由がそれだ。高校に進学するとき父さんに、「家から遠いなあ」って軽く漏らしたら、こんな言葉が返ってきた。

――じゃあ試しに一人暮らしでも経験してみるか？

うちの父さんが不動産屋だからなのか知らないけど、高校生の息子に一人暮らしをさせることには抵抗がなかったらしい。むしろ進んで学校近くの格安物件をいくつか見繕ってくれた。

空き物件を埋めたかっただけなのかもしれないけど、俺にとっては好都合だった。

だって高校生で一人暮らしって、めっちゃ青春じゃん。

休みの日には、青嵐も新太郎も入り浸ってくれるしさ。

「成嶋の部屋の前に、お前らはまだ純也の部屋にも行ったことねーよな？　そっちも攻めようぜ」

「そだね。んじゃ今度、古賀くんの部屋で、朝までゲーム大会とかどうだっ！」

青嵐と朝霧さんが勝手に盛り上がっている。

まあそれもバカで最高な思い出になりそうだけど。

「うちは壁薄いから、朝まで騒ぐなら成嶋さんの新居でな」

成嶋さんに父さんの不動産屋を紹介したのも俺だ。

理由は知らないけど、前々から一人暮らしがしたいって言ってたから。

まあ事情は人それぞれ。別にその理由を詮索する気はない。

「あ、あの……その節は、いろいろありがとうね。古賀くん……」

これはいつもの猫かぶりじゃなくて、素直に感謝してくれてるっぽい。

そんな成嶋さんを見て、俺は純粋によかったなって思ったんだけど。

結果的には、よくなかったんだよな。


で、次の土曜日。

今日は学校も休みだし、とくに予定もないから、二度寝を楽しんでいたところで。

外から聞こえてくる騒音に邪魔をされた。

俺が一人暮らしをしてる物件は、昭和の香りがぷんぷんする二階建てのボロアパート。

玄関のドアなんて俺の胸板くらい薄っぺらいんで、いやが上にも騒音には悩まされる。

二階の俺の部屋から下を見ると、アパートの前に軽トラが止まっていた。

どうやら誰かが引っ越してきたらしい。

朝メシを買いに行くついでに、見物しようと思って外に出ると。

「ああ、どうも」

安普請《やすぶしん》の錆《さ》びた外階段をカンカン鳴らしながら、一人暮らし用の小型冷蔵庫を抱えた中年男性が上がってくるところだった。

その中年男性は俺の隣の部屋に、冷蔵庫を運び入れている。

この人が引っ越してきたのかな。

最初はそう思った。だってそうだろ。いくらなんでも、予想の斜め上すぎるって。

中年男性のあとに階段を上がってきた奴《やつ》が。

段ボール箱の上に、自分の凶悪な乳を乗せて運んでいたそいつが。


あの成嶋夜瑠だったなんて。


「えっ⁉」「はあ⁉」

外階段の真ん中で鉢合わせた俺たちは、どっちも素っ頓狂な声を出した。

「な、なんで古賀くんがここにいるの……？」

「いや、それはこっちのセリフ……」

すぐに察した。今の中年男性は成嶋さんの父君で、娘の引っ越しを手伝ってたんだって。

成嶋さんも察したはずだ。俺がこのアパートの住人だって。

部屋に冷蔵庫を運び入れた中年男性（成嶋父）が戻ってきた。

「さっきは会釈《えしゃく》だけでごめんね。うちの娘のお隣さん……だよね？」

「最っ悪……ッ！」

思いっきり眉根を寄せた成嶋さんのそれは、やっぱり学校では絶対に見せない顔だった。

作業に戻った成嶋親子を固い笑顔で見送ったあと、俺はすぐさま父さんに電話する。

「おいどういうことだよ⁉」

『なんだいきなり。仕事中に電話してくるなって言ってるだろ』

スマホの向こうにいる父さんは面倒くさそうな口調だったけど、一番面倒なことをしてくれたあんたにその資格はない。

「なんで成嶋さんに俺のアパートを紹介したんだよ⁉　しかも俺の隣の部屋って！」

『ああ、成嶋夜瑠さんだっけか。だって純也の友達なんだろ？　それも仲良しグループの』

「ま、待て待て、『だって』の意味がわかんねーって！　確かにそうだけど俺たちは……！」

『仕事中だから切るぞ。友達が隣に越してきたからって、あんまり騒がないようにな』

父さんは端的に言って通話を切った。

……なんなんだ、このアホみたいな展開は。

よりにもよって、最初から俺のことが嫌いだったとか豪語するあの性悪猫かぶりが、今日から隣人になるだと……？

うちのボロアパートは壁が薄いから、生活音だってほとんど筒抜けなんだぞ。

知らない人なら別に気にならないけど、成嶋さんに聞かれるのはだいぶきつい。なにをどういじられるか、わかったもんじゃない。

もうえっちな動画は、イヤホンなしじゃ見られないな……。

部屋に段ボール箱を運び入れた成嶋さんが、至極不機嫌な顔で外に出てきた。

あの表情からして、向こうもうちの父さんからはなにも聞かされてなかったっぽい。

サプライズのつもりだったんだろうけど、マジでやってくれたな、父さん……。

「…………………」

「…………………」

どっちも無言のまま、一緒に外階段を降りる形になる。

俺は朝メシを買いに行くために、アパートの駐輪場からチャリを引っ張り出してきて。

成嶋さんは父君と一緒に、軽トラの荷台から次の荷物を運び出していた。

引っ越し作業は親子二人だけでやってるらしい。重そうな段ボール箱を抱えた成嶋さんが、ふらつく足取りでまた外階段に向かう。

俺はため息をついてチャリを傍《そば》に停《と》めると、

「……貸せよ」

成嶋さんの手から段ボール箱をひったくった。

ぐおっ……なんだこれ。予想以上に重いぞ……。

「別に手伝ってくれても、好感度は上がらないけど。ド底辺の記録更新中だけど」

「もともと期待してないから気にすんな」

これはあくまで俺の厚意。さすがに顔見知りの女子が重そうな荷物を運んでいたら、誰だって手伝う。いくら相手が猫かぶりのエセ陰キャおっぱいでも。

「そういや去年は、田中くんを自転車の後ろに乗せて下山したんだっけ。まあまあいいとこもあるんだ」

「あれは俺が言い出しっぺだったから責任を取っただけ。俺は基本的にイヤな奴《やつ》だぞ」

「知ってる。だから嫌いなの。椅子に拘束して朝まで往復ビンタ続けたいくらい大っ嫌い」

「さすがに腕、疲れるだろ」

「古賀くん相手なら全然平気。想像しただけで、すっごい興奮する。ほんとにしていい？」

うっわ、怖い笑顔……今日から顔を合わせる機会が増えるかもって考えると……憂鬱だ。

「その荷物、玄関のとこに置いといてよ。絶対中には入らないでよ」

「わかってるよ」

軽トラに戻ろうとする成嶋さんにそう言って、階段に足をかけたところで。

「やっぱりちょっと待ってて」

……まあ別にいいけど。

成嶋さんは軽トラの荷台から、軽そうな紙袋の荷物を引っ張り出した。

それですぐ戻ってくるかと思いきや、わざわざ傍《そば》の自販機で飲み物を買ってやがる。

早く来いよ……こっちは腕がちぎれそうなんだぞ……！　これも嫌がらせの一環か……⁉

やっと戻ってきた成嶋さんが、くそ重い段ボール箱を抱えたままの俺を急《せ》かす。

「ほら、先に登ってよ」

「わかったから押すなって……」

これでも一応、引っ越しを手伝ってやってる身なんだぞ――って、ちょっと待て。

今まで顔ばっかりに目がいってて気づかなかったけど。

成嶋さんのその、ゆったりシルエットの大きなTシャツってさ。

なんか胸の部分の頂点に、突起が出てない？

え、もしかして、ノーブラ⁉

「なに？」

「いやその……なんでもない」

ただでさえ凶悪な乳なんだから、ブラくらいつけろっての。

目を逸《そ》らして、今度こそ階段を登り始めた。

すると後ろからついてくる成嶋さんが、「ははーん」と得心した声を出す。

「もしかして古賀くん、女子に免疫ない？」

「うるさい黙れおっぱい」

振り返らなくてもわかる。成嶋夜瑠は今、絶対に底意地の悪い顔で笑ってる。

「ふーん。そういうことか〜。それで今まで男子としか遊んでこなかったんだ〜」

「男と遊んでるほうが楽しかったからだよ」

これは本当。朝霧さんや成嶋さんと出会うまでは、マジで男友達だけでいいって思ってた。

「そっかそっか。じゃあ火乃子《ひのこ》ちゃんに対して積極的になれないのも、女子に慣れてないからなんだ」

「だから違うって。俺はみんなで一緒にいるのが好きなだけ。なんでも恋愛脳で語るな」

「それにしては女子のカラダに興味がおありのようですが？」

当たり前だ。これでも思春期の男子なんだから。グループで遊んでいたいってことと性欲がないってことは、イコールにならない。

「試しに一回さわって慣れとく？」

「ばっ！　ばばばばば、ばっかじゃねーの⁉」

　階段を登りきって、成嶋さんの部屋の前に段ボール箱を下ろして、やっと一息。

「んふふ。ありがと、古賀くん」

　そのエセ陰キャ女が妙に艶っぽい声を出したと思ったら。

　ぴとり、と俺の背中にくっついてきた。でっかい双丘の弾性が広い面積で伝わってきて。

　弾《はじ》かれたように飛《と》び退《の》く。

「な、なにしてんだお前⁉」

「ただのお礼だけど、なんか問題あった？」

「あ、ありまくりだって！　そ、その……む、胸肉が当たるんだから……」

「ムネニク？　ふふ、なにそれ。いつもみたいに、おっぱいとか言わないんだ？」

「～～～～～っ！」

　まずい。これはまずい。

　たぶん俺、今めっちゃ顔が赤くなってる。完全に成嶋さんのペースだ。

「古賀くんの攻略法、わかっちゃった」

　成嶋さんはぷっくりした唇に指を添えて、やっぱり俺にしか見せない妖艶《ようえん》な顔で笑う。

「彼女は作らない、友達と一緒にいたい、とか言ってるけど、それは自分の欲望にフタしてるだけ。もっと女の子に興味をもったら、きっと火乃子ちゃんと付き合いたくなる。火乃子ちゃんじゃなくても、誰か女の子と付き合ってみたくなる。きっと友達よりも、自分の恋愛を優先するようになる」

「ならないよ」

なるわけがないんだ。


俺はあんな経験をしてるんだから。


「本当にそうかな？」

「当たり前だ。俺は本当に彼女なんかいらないんだって。友達と遊んでるほうが好きだから」

「ねえ。これは一応確認なんだけど、古賀くんってさ」

成嶋さんはうっすら笑みを残したまま、横目で俺を見つめてきた。

「もし私と青嵐くんが付き合うことになって、今の友達グループから離れていっちゃったら、やだなって思ってるでしょ？」

「それは……その……」

答えられなかった。実際そう思ってるから。

もちろんそうなったときは、受け入れる覚悟だってあるつもりだけど……でも本音は……。

「うんうん、だいぶこじらせてるね。あとで恨まれるのもやだし、やっぱり私が教えてあげるしかないか」

「教えるって、なにをだよ」

「彼女を作ることの良さ。私がそれを、わからせてあげる」

それは俺に対する挑戦だった。


「もっと女の子に興味をもたせて、恋愛は友達なんかより優先されるんだってことを、私がわからせてあげる」

「バカ言うな。恋愛なんかより、友達と過ごす時間のほうが大事で優先に決まってる」

成嶋さんと俺。きっとどちらも極端で、根本的に考え方の違う二人だった。


「ふふ。いつまでそう言っていられるかな」

その恋愛脳のエセ陰キャ女は、先にアパートの外階段を降りていって。

途中で振り返った。

「ああ、そうそう。私、ガス会社に連絡するの忘れてたから、今日はシャワー浴びれないんだよね。夜に借りに行っていい？」

「な、なんで。そんなの銭湯にでも行けば……」

「えー、女子の頼みを断るの？　私こんなに汗かいてるんだよ？」

ゆったりしたTシャツの胸元を下げて、その凶悪な谷間を見せつけてくる。

「だ、だからそういうのやめろって！」

ほんと苦手だよ、こいつ……。

「んふふ。あとこれ」

投げられたものを受け取った。

さっき成嶋さんが自販機で買っていたペットボトルのお茶だった。

「それは裏表なし。本当にただのお礼。手伝ってくれて助かった」

「え？」

正直言って、かなり意外だった。

毛嫌いしてる俺にわざわざお礼なんて、律儀《りちぎ》というか、なんというか……。

「そんなわけで今夜、古賀くんの部屋にお邪魔するから。またあとでね」

成嶋夜瑠は蠱惑《こわく》的な笑みを残して、外階段を降りていった。

マジで夜に来る気なのか、あいつ……？

お礼として受け取ったペットボトルのお茶が、やけにずっしりと感じられた。

第三話　無垢《むく》

俺と昔からの腐れ縁だったのは、新太郎《しんたろう》だけじゃない。

本当はあと二人いた。

寺井《てらい》和道《かずみち》と前田《まえだ》めぐみ。

今は高校が別々だし、もう疎遠になってしまったけれど。

俺はあの日から片時だって、その二人のことを忘れたことがない。

普段の俺は、「痛くて最高な黒歴史を作りたい〜」とかバカ言っちゃってるけどさ。

これに関しては、真面目に痛くて恥ずかしくて。

ふざけて話すことも憚《はばか》られるほど、ガチできつかった「闇歴史」だったりする。

◇

一番古い記憶と言えばなにか？

俺の場合、それは前田めぐみと公園の滑り台で遊んでいる記憶になる。

あれが何歳の頃だったのかは覚えてない。

とにかく俺と前田めぐみは同じ保育園の出身で、物心ついたときにはもう毎日一緒にいた。

家も近所で、おたがい「じゅんくん」「めぐみ」って呼び合う間柄で。

なんていうか、同い年の兄妹《きょうだい》みたいな感じ。一緒に住んでないことを不思議に思ってた時期もあったっけ。俺たちはそれだけ家族同然に過ごしてきた幼馴染《おさななじみ》だった。

そんな俺とめぐみが同じ小学校に上がって、同じクラスになったら、当たり前のように毎朝二人で待ち合わせをして、二人で学校に通うようになった。

確か最初の頃は手も繋《つな》いでいたと思う。

別に疑問を抱いたこともない、本当に自然な関係だった。

やがて小学一年のクラスに馴染《なじ》んできた頃。これもきっかけはやっぱりよく覚えてないんだけど、俺とめぐみの間に新しい二人の友達が加わっていた。

それが田中《たなか》新太郎と、寺井和道だった。

温和な新太郎と、活発でガキ大将気質だった和道。この二人を入れた俺たち四人は、なんかめちゃくちゃウマが合った。

友達はほかにもできたけど、この四人組だけはどこか特別で。

小一からずっと四人一緒のクラスだったことも、その特別感に拍車をかけていたと思う。

学校からはいつもその四人で帰っていたし、夏休みなんかはほとんど毎日一緒にいた。

近くの河川敷《かせんじき》で遊んだり、山に虫を取りに行ったり、誰かの家に集まってだらだらと過ごしたり。夜遅くまでオンゲーで繋《つな》がっていたことも多々ある。

中学に進級してからも、その関係は変わらなかった。

俺たち四人は中学一年でも、また同じクラスになったからだ。

ここまできたら、もう運命なんじゃないかって思ったほど。

「俺たち四人、ずっと一緒にいられたらいいのにな。てか、いようぜ。これ絶対な！」

四人のリーダー格だった和道は、小学生の頃からずっとそう言っていたし、俺もこの四人が離れ離れになるなんて、もう想像もできなかった。

でもずっと同じクラスなんて奇跡は、やっぱり続かなくて。

俺たちは中学二年で、初めて別々のクラスになる。

めぐみと俺だけはまた同じクラスになれたけど、和道と新太郎は別。

和道は隣の教室だったのに対して、新太郎の教室は校舎の階層から違ってた。

狭いコミュニティのなかで生きている中学生にとって、隣のクラスってだけでも他県に等しいんだ。別の階にある新太郎のクラスなんて、もはや海外って感じだった。

最初は休み時間ごとに俺とめぐみの教室に遊びにきていた二人だったけど、やがて新太郎だけは徐々に顔を見せなくなっていく。

俺は内弁慶だったんで、こっちから知らない奴《やつ》だらけの新太郎のクラスに出向くこともできず……まだスマホを持ってなかったこともあって、新太郎とはだんだん疎遠になっていった。

こうして俺とめぐみ、それから積極的に俺たちの教室に顔を出してくれる和道の三人だけで行動することが多くなる。

4－1＝3。

小一からずっと一緒だった四人組は、クラスが別々になっただけで三人になってしまった。

学校から帰るときも、俺とめぐみと和道の三人だけ。

それが俺たちに起きた最初の変化だった。

そして次の変化も、そう遠くないうちにやってくる。


いつものように、三人だけの帰り道。

家が一番近い和道が先に別れて、俺とめぐみの二人が並んで歩いているときだった。

「でさでさ！　今度みんなでやりたいゲームがあって……」

「ねえ、じゅんくん」

めぐみが俺のどうでもいい話を遮って。

「あのね、言いにくいんだけど……今日から二人になったら、別々で帰らない？」

本当に言いにくそうな顔で、そう切り出してきた。

「え、なんで？」

「その……じゅんくんと二人でいるとこを誰かに見られて、変な噂《うわさ》を立てられたりしたら困るの。だから、かずくんと別れたあとは、私あっちから遠回りして帰るね。ほんとごめん」

そこで気づいたんだけど、この頃のめぐみは俺と二人きりになったら、なぜか早足になっていた。和道がいないときに教室で話しかけても、微妙に避けられてたような気もする。

前まではそんなことなかったのに。なんで中学二年になってから急に……とか思ったけど。

めぐみが言いたいことも、わからなくはなかった。

そりゃショックだったけど、中学二年の女子はいろいろ難しいってことくらい知っていたからだ。なにしろ男子と二人で話してるところを見られただけで、「二人は付き合ってんの～？」なんてからかわれたりするくらいだし。

マンガやアニメみたいに、いくつになっても幼馴染《おさななじみ》の女の子と二人で帰るなんて、現実では難しいよな。

そんなわけで、その日から。

俺と和道とめぐみの三人で帰るところまでは同じだったけれど、和道と別れたあとは、

「じゃあ俺、ゲーセンに寄って帰るから」

「うん。またね、じゅんくん」

笑顔で見送ってくれるめぐみと別れて、俺は一人で帰るようになった。

別にゲーセンが好きだったわけじゃない。俺が先に消えないと、めぐみは一人で遠回りして帰るって言うから、気を遣ってゲーセン通いを始めただけだ。

学校帰りに一人でゲーセンのプライズゲームをやりながら、悶々《もんもん》とした日々を送る毎日。

もともと四人組だった俺たちの関係は、牛歩的に、少しずつ、確実に変わっていく。


それまでずっと四人一緒のクラスで、常に四人で固まって行動していた俺は、いまいちその中学二年のクラスには馴染《なじ》めていなかった。

そんな俺とは対照的に、めぐみはもともと明るくて積極的なタイプだから、男女の分け隔てなく大勢の友達に囲まれるようになっていた。

なんだかめぐみが、遠い世界に行ってしまったように感じる。

俺も話しかけられたらいいんだけど、別々に帰ろうって言われて以来、やっぱりどこか声を

かけにくくて。

保育園の頃から家族同然に過ごしてきたのに、なんで遠慮してるんだろうって思いながら。

休み時間になるたびに、早く和道が来ないかなって、いつも心待ちにしていた。

だって和道が教室に来てくれたら、

「うーっす、純也《じゅんや》。今日も元気か？」


こんなふうに、まずは真っ先に俺の席のほうに来てくれる。

そしてめぐみも、それまで話していたグループを抜けて、俺たちのほうにやってくる。

ここで俺たちはやっと、昔ながらの三人に戻る。

和道がいればめぐみとも話せるし、俺も和道といろんな遊びの計画を立てるのは楽しい。

「……なんでめぐみと和道くんのカップルに、いつも古賀《こが》くんが絡《から》んでるんだろ……？」

女子たちのそんな密談が聞こえてきても、俺はまったく気にならなかった。

俺たちは昔からの親友なんだから、一緒にいるのは当然じゃないか。

そもそも和道とめぐみは付き合ってないから。

俺たちはこれからも三人で——いや、そのうちきっと新太郎も戻ってくるから、また四人で仲良くやっていくんだ。中三になったら、またみんな同じクラスになれたらいいな。

そう思っていた。


中二の夏休み直前のことだった。

「え、付き合うことになった？」

素っ頓狂な声を出した俺に、和道とめぐみが気恥ずかしそうに頷《うなず》く。

「ああ。だからまずは純也に報告しとこうと思ってな」

「そうなんだ……うん、おめでとう」

「えへへ。じゅんくんにそう言われるのが、一番嬉《うれ》しいな」

いつからおたがい意識し始めたのかは知らないけど、二人はずっと両想《おも》いだったらしい。

そして先日、めぐみのほうから気持ちを伝えて、晴れて恋人関係になったそうだ。

以前、めぐみから「二人になったら別々に帰ろう」って言われたことを思い出す。

あれは思春期の女子特有の恥じらいだと思ってたけど、どうやら違ったらしい。

本当にただ、俺とはなんでもないっていうアピールがしたかっただけなんだな。

あることないこと噂《うわさ》されて、それが和道の耳にでも入ったら困るから。

それを察した俺は――――喜んでいた。

だってそうだろ？　和道とめぐみが付き合うことになったら、めぐみだってもう俺に変な気を回さなくなる。つまり前みたいな関係に、また戻れるってことだ。

めぐみと二人で遊んでもいいし、二人で帰ったりもできるようになる。

そりゃ普通は彼氏持ちの女子とそういうことするのは、考えものかもしれないけどさ。

俺たちは昔から、ずっと一緒に過ごしてきた親友グループなんだから。

そのグループのなかでカップルが生まれたからって、変に気を遣うのもおかしいよな。

中学二年の俺は、ただ純粋にそう思っていた。

「でさ、今度の花火大会はめぐみが浴衣《ゆかた》を着たいってうるさいんだよ」

「そりゃそうじゃん。だってかずくんと付き合うことになって、初めての花火大会だよ？」

二人のそんな朗らかなやりとりを見て、俺は素直に祝福しながら。

恥じらいもなく、悪気もなく。笑ってこんなことを口にしてしまう。

「ははっ。じゃあ今年の花火大会は、みんな浴衣《ゆかた》で行くか！」

俺はそのとき二人の間に漂った微妙な空気にも気づかないほどの——大バカ野郎だった。


それに気づいたのは、三人でいっぱい遊んだ夏休みが明けてからのこと。

放課後、先生に押しつけられた雑用を片付けて、和道とめぐみが待っている教室に急いで。

教室の引き戸に指をかけたときだった。

「――――でもさ、いつもついてくるじゃん。古賀くんって」

引き戸越しに耳に届いたそれは、めぐみの声。俺が聞き間違えるはずもない幼馴染《おさななじみ》の声だったけど。

一瞬、誰だかわからなかった。

だってめぐみは、昔から俺のことを「じゅんくん」って呼んでたはずなのに。

いま「古賀くん」って言ったよな？　なんで苗字《みようじ》呼びして……？

引き戸にかけた指に力を込めた。中にいるのが本当にめぐみなのか、確認するために。

でもその引き戸はやけに重く感じられて、わずかな隙間しか開かない。

その隙間から、こっそりと中を覗《のぞ》き見る。

斜陽が差し込む埃《ほこり》っぽい教室にいたのは、やっぱりめぐみと和道の二人だけだった。

「幼馴染《おさななじみ》だからって、いつまでも一緒にいるのが当たり前だと思われてたら困るなあ」

「そんなこと言うなよ。純也は昔からの親友じゃんか」

和道が俺を「親友」って呼んでくれることには、少し胸が軽くなったけど。

「私だってわかってるよ……でも私とかずくんは、もう恋人なんだよ？　ただの友達じゃないんだよ？　二人だけで遊びに行ったり、一緒に帰ったりしたいじゃん……」

「でも純也って、今のクラスにあんまり友達いないから」

「……じゃあかずくんは、やっぱり三人でいたほうがいいって思うの？」

「いや、そりゃ……」

戸惑ったような和道は、一拍の間を置いて。

「俺だってめぐみと二人がいいよ。純也には悪いけどさ」


「んふ。やっぱかずくん、好き〜」

「お、おい。ここではやめろって。そろそろ純也も戻ってくるんだぞ」

「まだ大丈夫だって。せっかく二人きりになれたんだから――――んっ……ちゅっ」

めぐみは和道と唇を重ねたまま、その特別な男の手を自分のスカートの下に導いて――――。

「〜〜〜〜〜〜〜〜〜〜〜ッッ！」

引き戸に貼りついていた俺の身が勝手に離れて、反対側の廊下の壁に手をついた。

九月初頭の校舎はまだ蒸し暑いのに、手が震えてくる。全身に悪寒《おかん》が走る。息も苦しい。

世の中には、他人が入り込む余地のない二人だけの時間が確かに存在するってことを、俺はここで鮮烈に思い知らされた。

それからどうやって帰ったのかは覚えてない。

鞄《かばん》はまだ教室に置きっぱなしだったのに。和道たちは俺を待っててくれたのに。

俺は生まれて初めて、一人で校舎を出て、一人で家に帰ったらしい。

「おい純也。昨日は何時まで雑用させられてたんだよ。俺たちずっと待ってたんだぞ」

次の日、和道とめぐみが話しかけてきてくれたけど、満足に二人の顔を見られなかった。

俺が邪魔者だったことに気づかなかった罪悪感。

なにも言ってこない二人に甘えていたことへの嫌悪《けんお》感。

そしてなにより、もう今までどおりの関係ではいられないことを悟ってしまった疎外感。

いろんな感情がない混ぜになって、二人を前にするとまた胃液が込み上げてきた。

「だ、大丈夫？　なんか古賀くん、顔色悪いよ？」

めぐみはとうとう俺の前でも、その呼び方をしてしまう。

それは紛れもなく、幼馴染《おさなじみ》の関係から少し距離を開けたいっていう気持ちの表れで。

「だ、大丈夫だよ、前田さん」

俺もあえて、めぐみを苗字《みようじ》で呼んでみた。

物心ついたときから、ずっと「めぐみ」って呼んでいたのに。

もっと引っかかるかと思ったけど、その苗字《みようじ》呼びはあっけないほど俺の口に馴染《なじ》んだ。

そしてめぐみは、その苗字《みようじ》呼びをすんなり受け入れる。平然と会話を続ける。

「どうしよう……保健室、行く？」

でも顔色の悪い俺を本気で心配してくれるその気持ちだけは、しっかりと伝わってきて。

そこだけは昔から変わらない、優しいめぐみのままだった。

「いや、ほんとに大丈夫だから。ちょっと寝不足っていうかさ。ははっ」

うまくできたかわからないけど、笑顔を向けた。今日初めて、二人の顔を真正面から見た。

同時に、昨日の放課後に見てしまったあの光景が、フラッシュバックする。

「……う……っ」

慌てて口元を押さえた。こみ上げてきた胃酸に喉が焼かれて、ひりひりと痛んで。

「おいおい純也、マジでやばそうだぞ？　やっぱ保健室に――」

「いいって言ってるだろッ！」

心配してくれる和道に、わけもわからず怒声をあげていた。

「あ、ち、ちが…………ごめん……」

そんな自分でも制御できない意味不明な感情が恐ろしくて、俺は慌てて取り繕って続ける。

「はは……でもほんと、俺のことはもう、気にしなくていいからさ。なんていうか……いつも二人の世話になってばっかりだったし、申し訳ないなって、思ってたところなんだ」

「は？　世話って、なんの話だよ？」

「だ、だからさ……ほら、俺がいつも二人のデートにくっついて行ってたこととか。俺って、その……ほんと気が回らなくて……邪魔、だったよな？　もう俺に気を遣って一緒にいてくれなくても、いいんだぞ？　お前らだって、できるだけ二人きりでいたい、だろ……？」

それは精一杯の虚勢だった。

本当は否定してほしかった。やっぱりこれからも誘ってほしかった。

あんな場面を見ておいて、自分でもなに言ってるんだって思う。本気でバカなんじゃないのって思う。情けないのは重々承知で、もう死にたい気持ちでいっぱいだったけど。

それでも俺は、これまでずっとずっと一緒だったこの家族同然の親友たちに、

——ばーか。昔からの腐れ縁なんだし、今さら気を遣うなって。

そう言ってほしかったんだ。嘘《うそ》でもよかったんだよ。ただそう言ってくれるだけでさ。

「よくわかんねーけど……」

だけど、隣のめぐみを一瞥《いちべつ》した和道は、申し訳なさそうに、でも少しだけ嬉《うれ》しそうに。

「じゃあ……お言葉に甘えさせてもらおう、かな？」

3—2＝1。

こうして俺は一人になった。

放課後には土砂降りになっていた。

傘を持ってきてなかった俺は、教室の窓から一人ぼんやりと雨空を眺めていた。

気がつけばクラスメイトたちは、誰もいなくなっていて。

今日からはめぐみと和道の三人で帰ることだって、もうない。

のろのろと席を立ち、誰もいない校舎を一人で歩いて、静まり返った下足場に向かう。

靴を履き替えて、通用口の軒下から空を見上げた。

分厚い雲に覆われた土砂降りの雨は、一向にやむ気配がない。

「やまないなあ……お前らは傘持ってきてんのか？」

振り返りながら、ついそう言ってしまったんだ。

無意識に漏れたその言葉が、それまでの当たり前すぎた俺たちの関係を物語る。

「…………ッッ！」

小さい頃からずっと一緒だったあいつらがいない。そこにいるのは俺一人だけ。

わかっていたはずなのに、まだいるのが当たり前だと思っていた自分が本当に情けなくて、恥ずかしくて、もう際限なくみじめで。

俺は土砂降りのなか、傘もなしにグラウンドに飛び出していた。

泥に足を取られて、すっ転ぶ。

身を起こそうとしても、力が入らない。手を貸してくれる奴《やつ》だっていない。

だってめぐみも和道も、きっと今頃二人だけで帰っているはずだから。きっと俺のことなんて頭の片隅にもなくて、二人だけの幸せな時間を紡《つむ》いでいるはずだから。

ぬかるんだ泥に両手の指を食い込ませた。

「……なんでだよ。なんでなんだよ」

俺たちは保育園の頃から、小一の頃からずっと一緒でさ。ほんとに家族同然に思っててさ。

それなのに、なんで。

なんであいつらが恋人になったくらいで、こうなってしまうんだよ……っ！

幼い頃、和道は言っていた。

――俺たち四人、ずっと一緒にいられたらいいのにな。てか、いようぜ。これ絶対な！

あのとき熱くなった胸の感覚が、俺はずっとずっと忘れられなくて。

でもそんな幼稚な誓いを真に受けていたのは、きっと俺一人だけで。

俺一人だけが、あのときから成長の止まった子どものままだった。

「えぐ……っ！　う、ぐ……ううう～～～……っ！」

涙まで溢《あふ》れてきた。ああ、本当に情けない。ガキすぎる自分が嫌になる。

ずっと一緒だった親友たちが離れていったからって、なんだっていうんだ。あいつらが幸せならそれでいいだろ。別に俺がひとりぼっちになったところで、いいじゃんか。

「……だったらなんで、なんで俺は……こんなにも……っ！」

身を打っていた雨が、ふいに途切れた。

泥の上でうずくまっている俺の視界に、誰かのスニーカーが見える。

涙を拭うこともなく顔をあげると。

「どうしたんだい、純也」

もう一人の親友が、そこにいた。

傘を持って立っているそいつは、昔から何一つ変わらない優しい笑顔を浮かべていて。

昔と同じように、俺の傍《そば》に立っていた。

「し、新太郎ぉ～～……っ」

俺の泣き顔で全部を察したのか、新太郎はしゃがみ込んで、俺の頭をそっと撫《な》でてくれた。

「そっか……こんなことになるなら、やっぱり僕が傍《そば》にいてあげたらよかったね。僕も確証があったわけじゃないから、とくに純也には迂闊《うかつ》なことが言えなくて。ごめんな」

新太郎は前から薄々勘づいていたらしい。

和道とめぐみのお互いを想《おも》い合う気持ちに。

それで遠慮もあって、二人と距離を置いていたそうだ。

でも「とくに『俺』には迂闊《うかつ》なことが言えなくて」の意味がよくわからない。

……いや、本当はわかっていた。これまでずっと、わからないふりをしていただけなんだ。

「新太郎……俺さ……じつは俺………」

「わかってるよ」

新太郎は優しく包み込むような口調で言った。

「純也もずっと前から、めぐみが好きだったんだろ？」

「………うあっ……うぐっ……あぐううう〜〜〜……っ！」

やっぱりそうだ。これは「好き」って感情だったんだ。

俺はいつの頃からか、めぐみに恋をしていたんだ。

だからあの二人が恋人になって離れていったことに、必要以上のショックを受けてたんだ。

全員が男だったらよかったのに、とまでは言わないけれど。

友達を異性として意識しなければ。それぞれが恋心なんてもたなければ。

きっと俺たちはいつまでも変わらない、親友四人組のままでいられたはずなのに。

でも、それは仕方のないことだと思う。誰かを好きになるのは自然なことで、きっとそれが大人になるってことだから。

だけど。それでも。子どもじみた考えなのはわかってるんだけど。

やっぱり、俺は。もう少しだけ。あともう少しだけさ。

あの頃と変わらない四人のままでいたかったなあ……っ。

「ねえ純也。とりあえずさ」

ガキみたいに泣きじゃくる俺の背中を撫《な》でながら、新太郎が穏やかに言った。

「今度二人で遊びに行こっか」

3―2+1=2。
俺の隣には新太郎が戻ってきてくれた。

それからの俺は、新太郎の教室にも頻繁に出入りするようになった。

和道は相変わらず休み時間ごとに俺の教室に来て、めぐみにはもちろん俺にもよく話しかけてくれたけれど、一緒に新太郎の教室に行くことはなかった。

こうして俺たち四人は、だんだん距離が開いていく。

もちろん和道たちのことが嫌いになったわけじゃない。きっと向こうもそうだと思う。

単純に一緒にいる頻度が減っただけだ。

あいつらも二人の時間を大事にしたいだろうし、俺もやっぱり……一緒にいるのは辛《つら》いし。

やがて俺は、新太郎のクラスで一人だけ浮いていた宮渕青嵐《みやぶちせいらん》とも仲良くなって。

中学三年になる。

俺はとうとうめぐみと違うクラスになった代わりに、新太郎や青嵐と同じクラスになった。

その時点で俺と新太郎と青嵐の三人は、かつての幼馴染《おさななじみ》四人組のように、よく一緒に遊ぶ間柄になっていた。

率先して遊びの計画を立てるのは、やっぱり身内にだけは強気な内弁慶の俺。

そこにさらなる工夫を入れてくれるのが、当時から多趣味で大人びていた青嵐。

それに振り回される形になるのが、文句を言いながらも従ってくれる優しい新太郎。

この三人組は俺にとって、新しい宝物になった。


もしも今後、この三人グループに、異性の仲間が加わることになったとしても。

俺は友達以上の関係を決して求めない。

少なくとも俺は……とくにグループのなかでだけは、絶対に彼女を作らないと誓った。

それにさ——、

「俺、別に彼女とかいらねーんだわ。友達と遊んでるほうが楽しいじゃん」

「えっ、マジで⁉　青嵐ってめちゃくちゃ気が合うな！　じつは俺もそう思ってたんだよ！」

「ふーん。純也はともかく、青嵐ってモテそうなのに、もったいないね」

「こらこら新太郎！　何気に人をディスってんじゃねえ！　よーし、俺たちはここに『彼女を作らない同盟』を結成する！」

「ちょっと、その変な同盟って僕も入ってんの？　まあ別にいいんだけどさ……」

「それ面白ぇじゃん。んで盟主の純也さんは、同盟の決起会とか考えてるわけ？」

「んー……チャリで山越え、とか？　うん、これ案外青春っぽくて、いいじゃん！」

「くくっ。やっぱお前ってバカで最高だわ。どうせなら行けるとこまで行ってみっか？」


――この仲間たちとずっと一緒に過ごせるなら、もうそれ以上の幸せはないと思うんだ。

別に彼女なんていなくても、絶対にバカで最強で、最高に楽しいと思うんだ。


もしも今後、こいつらの誰かに恋人ができてしまったら。

もちろんそのときは祝福するし、また受け入れるしかないんだけど。

……俺はできることなら、そんな日はもっともっと先であってほしい、なんて願っていた。


やがて俺たち三人は同じ高校に進学して。

グループに二人の女子を迎えることになる。

第四話　来訪

——もっと女の子に興味をもたせて、恋愛は友達なんかより優先されるんだってことを、私がわからせてあげる——


成嶋夜瑠《なるしまよる》にそう宣言された日の夕方六時過ぎ。

俺の部屋のインターホン（というかブザー）が鳴った。

もちろん来訪者の予想はできてるんで、開けるかどうか迷っていると。

「おーい、古賀《こが》くーん。約束忘れちゃったー？」

ドアの向こうから、ノックと共に大きな声が聞こえてきた。

「一緒にお風呂《ふろ》入ろって言ったよね～っ!?」

くっ、なんてこと言うんだ……っ！　近所に誤解されるだろ……っ！

たまらずドアを開けてやる。

「あは、いたいた。出かけてるのかと思った」

「あのな……このアパートは壁が薄いんだから、あんまり大声で嘘《うそ》を言うと」

ドアの向こうで笑っていた成嶋さんは、当然のように俺の話を聞かない。

そればかりか俺の脇を抜けて、勝手に部屋に上がり込んできた。

「引っ越し作業は昼前に終わったんだけどね。掃除とかいろいろしてたら、あっという間だったよ。一日中動いてたからもう汗でびっしょり」

成嶋さんの服装は朝に見たときとほとんど同じだったけど、Tシャツのデザインが変わっていた。上だけ着替えたらしい。

首元から覗《のぞ》く鎖骨が、汗でうっすら光ってやがる……。

成嶋さんが振り返った。

「なに見てんの？　ブラならもうつけてるけど？」

当たり前だ。そのおっぱいでつけてないほうがおかしいんだ。

そいつは人をからかうような、完全にいじめっ子の笑みを浮かべると、

「あー、さては古賀くん汗フェチだな？　ちょっと恥ずかしいけど、匂い嗅いでみる？」

「ばっ、ばば、ばかか⁉」

「ほらほら。女の子のほうから嗅いでもいいよって言ってんだから、素直にどお～？」

Tシャツが「ばいん」って膨らんだ胸を揺らしながら、にじり寄ってくる。

「近寄るな、このエセ陰キャ変態エロ痴女おっぱい猫かぶり」

「うわ、悪口が長くなった。ひっど」

「シャワー借りにきたんだったよな。間取りはわかってるだろうから、勝手に使え」

「どもー♪」

成嶋さんはキッチンにかかるカーテンを抜けて、肩に下げていたトートバッグを下ろした。

このアパートの間取りは1K。八畳の和室と区切られたキッチンがあって、風呂《ふろ》やトイレ、洗面所といった水場は、全部キッチン側にある。

区切られてるとはいっても、和室とキッチンの間にちょっとした段差があるだけなんで、俺はそこにカーテンを引いていた。つまりキッチン前が脱衣所代わりってわけ。

ただそのカーテンは、膝上くらいまでの長さしかない。

そもそも男の一人暮らしに脱衣所なんて必要ないから、この長さでも十分だったんだよ。

「ガス会社に連絡したら、明日には開栓に来てくれるって。私の家ってオール電化だったからさ。電気とネットのことしか考えてなかったよ」

成嶋さんはカーテン越しにそう言いながら、ホットパンツを脱いだらしい。

カーテンの下から見える足元に、それがぱさりと落ちた。

「あ、ガスの開栓って立ち会いが必要なんだってね？　めんどーだなあ」

続いて成嶋さんの足元に、Tシャツが落ちる。

その次に落ちたのは、凶悪な乳を必死に支えていた力持ちのブラ。

最後にすらりと伸びた白い片足をあげ――って、なんで凝視してんだ俺は⁉

「……もしかして古賀くん、ずっと見てた？」

カーテンの向こうから聞こえてくる成嶋さんの声。

怒っているというより、楽しんでいるような声色だったのが厄介だ。

「み、見るわけねーだろ！」

慌ててそっぽを向いたけど、その俺の声がまた奴《やつ》を楽しませてしまうわけで。

「別に見ててもいいのになあ。古賀くんにはもっと女の子に興味をもってもらいたいし」

だから興味はあるんだって。ただ彼女を作る気がないってだけ。

「ねーねー、古賀くん。いま私はカーテン越しに全裸になってるわけだけどさ。これが私じゃなくて火乃子《ひのこ》ちゃんだったらって考えたら、興奮しない？」

一瞬だけ想像してしまった。

俺の部屋に遊びにきた朝霧《あさぎり》火乃子さんが、「お風呂《ふろ》貸して」って言ってくる場面を。

そして今の成嶋さんみたいに、カーテン越しに一枚ずつ服を脱いでいって……。

ああもう、やめろやめろ！　余計なこと考えんじゃねえ！

「ふふ。シャワー借りてる間に、私の下着、くんくんしないでよ？」

「誰がするか」

「そこはしろよ！」

マジでなんなんだこいつ……ほんとに学校とは全然違うんだな。

浴室の折戸が閉じる音。

続いてシャワーの水流が成嶋さんの肌で弾《はじ》ける音が聞こえてくる。

くそ……女子に興味をもたせたいのかなんだか知らんけど、つまらん真似《まね》しやがって。本当はもう、ガスだってとっくに開通してるんだろ。

てゆーか……俺以外の誰かがこの部屋のシャワーを使うのって、初めてだよな。

そもそも女の子のシャワーの音を聞くこと自体、初めてなわけで。

むうう、やたら悶々《もんもん》する……って、これじゃあいつの思《おも》う壺《つぼ》じゃねーか！　今ごろシャワーを浴びながらにやけてる顔が想像でき――だ・か・ら、想像するなって！

イヤホンを引っ張り出してきて装着。スマホに同期させていた音楽を大音量で聴く。

それで成嶋さんの邪悪な策略を耳から完全に遮断した。


肩を叩《たた》かれたんで、イヤホンを外して振り返る。

風呂上《ふろあ》がりでまた別のTシャツに着替えた成嶋さんが、そこに立っていた。

濡《ぬ》れた長い黒髪が、蛍光灯に照らされてきらきら輝いている。

「バスタオルは適当に借りたけど、ドライヤーってどこにあんの？」

ため息をついた俺は、カーペットに転がっていたドライヤーをちょっと乱暴に渡してやる。

成嶋さんは割と本気で引いていた。もちろん乱暴に渡したことにじゃなくて。

「うっそ……洗面所じゃなくて、そんなとこに置いてんの？　鏡見て乾かさないんだ？」

「別にいいだろ。卓上鏡ならあるし」

「うわー……そんな小さい鏡でちゃんとセットできてる？　身だしなみに気を遣わない男の子って、モテないんだぞ？」

「だ、だから俺は別に、モテようなんて思ってないんだってば。ほら、それ持って洗面所にでも行ってくれ」

ドライヤーを持った成嶋さんに、しっしっと追い払う仕草をする。

「でも私が洗面所を使ってたら、古賀くんもシャワー使えないでしょ？　しょうがないから、その卓上鏡で乾かしとくよ」

は？

俺と同じように、成嶋さんもきょとんとしていた。

「古賀くんは浴びてこないの？　シャワー」

……まあ、そうだな。

まだ風呂《ふろ》に入るつもりはなかったんだけど、ここにいるのはなんか気まずい。

成嶋さんから漂うシャンプーの甘い香りが、俺にそう思わせている。

たぶん成嶋さんも、浴室に置いてある俺のシャンプーを使ったはずなんだけど。

女子特有の匂いと混じったせいか、俺が使ったあととはずいぶん違う匂いがするんだよな。

だから妙にドキドキしてしまって、ちょっと居心地が悪い。

「じゃあ俺もシャワー浴びてくるから、髪が乾いたら適当に帰ってくれ」

「ねえねえ。スマホで音楽聴いてたの？」

やっぱり俺の話を聞いてない成嶋さんが、転がっていたイヤホンを指差した。

「……だったらなんだよ」

「ちょっと借りていい？　古賀くんがどんな音楽を聴いてるのか興味あるな。あ、自分のイヤホン使われるのは嫌なタイプ？」

今さらそんな小さいこと気にするか。

「別にいいけど、スマホじゃなくてこっちを使え。だいたい同じ曲が入ってるから」

ベッドの上に放置していたタブレットＰＣのロックを解いて渡してやる。

「乾いたら帰れよ。玄関の鍵は気にしなくていいから」

「さんくー（サンキュー）」

成嶋さんは鼻歌混じりでタブレットを操作しつつ、ドライヤーで髪を乾かし始めた。

カーテンをくぐって、キッチン前で服を脱いで、シャワーを浴びる。

さっきまで成嶋さんが使っていた浴室には、やっぱり例の甘い香りが漂っていた。

ほんと調子狂うわ。よりにもよって、あんな性悪猫かぶりが隣に越してくるとか。

しかも引っ越し初日から、シャワーを貸せだなんて。

こんなの青嵐《せいらん》や新太郎《しんたろう》になんて言えばいいんだ。

まあ隣の部屋になったこと自体は普通に言うけどさ。そこにやましいことはないんだし。

待てよ。やましいことって言ったら……。

成嶋さん、いま俺のタブレットＰＣをいじってるんだよな。

――よく考えたら、それってまずくないか？

たとえば閲覧履歴に残ってる、えっちなサイトを見られたりとか……。


いや、まずいだろ！　あいつ絶対見るに決まってんじゃん！


慌てて浴室を飛び出して、体を拭くのもそこそこに。

素早くジャージに着替えた俺は、すぐさま部屋に戻った。

「おい成嶋さん！　やっぱタブレット使うのはやめ――――」

「ん？」

座卓の前でタブレットをいじっていた成嶋さんが、イヤホンを外して振り返る。

「ずいぶん早かったね。湯冷めしちゃうよ？」

「その……余計なことしてないだろうな？」

「余計なこと？　あ、履歴のチェックとか？　あはは、そこまで頭が回らなかった。しまったなあ。古賀くんがおかずに使ったえっちなサイトとか興味あったのに」

……じゃあ見てないんだな？　本当にただ音楽を聴いてただけなんだな？

「てか古賀くんって、案外大人っぽい曲も聴くんだね。結構古いアシッドジャズとか入ってるんだもん。ちょっとびっくり」

「青嵐に借りたCDを入れただけだよ。タブレットにある音源は、ほとんどそうかな」

音楽好きの青嵐は自慢のコレクションCDをよく貸してくれるから、タブレット用の外付けドライブは俺にとって必需品だったりする。

「へー。さすが青嵐くん、いい趣味してる。しかもCD派だなんて、ますます好感度アップ」

勝手に言ってろ。

「それより成嶋さんもよく知ってたな。アシッドジャズなんて単語」

「まーね。音楽はいろいろ聴くんだ♪」

そういう趣味は青嵐とも合いそうだ。

「で、まだ帰んないのか？」

ベッドに腰を下ろした俺がため息混じりにそう聞くと、端的に「うん」と返ってきた。

「なんでだよ。成嶋さんは俺のこと嫌いなんだろ？　これ以上いたってもう」

「うん、嫌いだよ。いや違うな。大っっっ嫌いでございます、クソガキー王国の童貞大王様」

「じゃあ大王として成嶋さんに国外追放を命じるわ。ほら行け」

そいつは「むふふ」と笑って立ち上がると、なぜかまたキッチンのほうに向かった。

「おい、玄関はあっち……」

という俺の声も無視して、冷蔵庫の前に置いていた自分のトートバッグを手に取ると。

その中から牛肉のパックを取り出して、笑顔を向けてきた。

「ご飯作ってあげる」

――――は？


……いや、成嶋さんがシャワーを借りに来た時点で、やけにでかいトートバッグを持ってるなとは思ってたんだよ。

でもさすがに、ここまでは想像してなかった。

まさか俺ん家に来る前に、あらかじめスーパーで買い出しをしてたとか。

しかもその食材を使って、肉じゃがを作ってくれるとか。

ほかにも夏っぽく、トマトときゅうりを切った生野菜のサラダ。ブロッコリーつき。

そこに炊いたご飯と味噌汁《みそしる》を合わせたメニューが、俺たちの晩飯になった。

「お味噌汁《みそしる》はインスタントだけど我慢してね。自分で作ったやつは、彼氏にしか食べさせないって決めてるから」

そんなこだわりはどうでもいいんだけど。

「じゃあ、いただきまーす……──って、どうしたの古賀くん？」

座卓に並ぶ料理の前で手を合わせた成嶋さんが、正面で固まっていた俺を見て首を傾《かし》げる。

「私が料理できるの、そんなに意外だった？」

いや、それは知ってるけど。前にこいつ、青嵐に弁当を作っていってたし。

「……これも策略なのか？」

「んふふ。なにが？」

テーブルに両肘をついて、じっと俺を見つめてくる成嶋夜瑠。

その顔だけを見れば、めちゃくちゃかわいい。それは素直に認める。

あくまで顔だけを見れば、な。

「だから、女子に興味をもたせたいとか、彼女を作る良さをわからせたいとかってやつ……」

「まあ、まだガスが開栓してないからってのもあるけど、それ半分正解かな」

あのガスの件は本当だったのか。

「ちなみに火乃子ちゃんも料理する人なんだって。古賀くんが火乃子ちゃんと付き合ったら、きっと愛のこもった料理を作りにきてくれるぞっ」

「だから付き合わないっての。で、あと半分はなんだよ」

「シャワー貸してくれたお礼」

いや、ほんとに。

「どうせ古賀くん、コンビニ弁当ばっかり食べてるんでしょ？　これでも一応、健康面には気を遣ってあげたんだぞ。まあとりあえず食え食え」

ほんとになんなんだろう、この子は。

みんなの前では猫かぶってて。でも俺と二人きりになれば本性を出してきて。

嫌いだなんだって辛辣な言葉を浴びせてくるくせに。

たかだかシャワーくらいで、お礼とか。

「あ、もしかして古賀くん、家庭的な子が好き？　でも私を好きになったらだめだぞ？」

口元に手を当てて、くすくすと笑う成嶋さん。

ほら、この挑発的な顔なんて、学校では絶対に見せない顔だ。

「女の子には興味をもってもらいたいけど、私に恋しちゃうのだけはナシでお願いね」

「成嶋さんみたいなエセ陰キャ痴女、誰が好きになるか」

「んふ、よかった。じつは童貞大王のくそ雑魚《ざこ》古賀くんなら、どっかで勘違いしちゃうかなって、ちょっと心配だったんだよね。私も古賀くんみたいなくそガキは、まっっったくタイプじゃないから、ちょうどいいじゃん」

「そうだな。本当になによりだ」

「じゃあ冷めないうちに食べよー」

俺も「いただきます」と言って、その生意気女子が作った肉じゃがに箸をつけた。

牛肉は柔らかくて、出汁《だし》もしっかり効いていて、お世辞抜きでめちゃくちゃうまかった。

「どう？　どう？　女の子が作ったご飯、おいしい？　彼女ほしくなった？」

成嶋さんが茶碗《ちゃわん》片手に、身を乗り出してくる。

「だから、ならないっての。そりゃあ晩飯は素直にありがたいけど、俺は彼女を作る気なんてさらさらないって言ってるだろ」

「でも古賀くんと火乃子ちゃんって、お似合いだと思うけどな〜。お試しでもいいから、一回付き合ってみたらいいのに。たぶん告白したら、うまくいくよ？」

「あのなあ……」

俺は呆《あき》れ気味に茶碗《ちゃわん》を置いた。

「うまくいくって根拠が知りたい？　うふ、それはねえ……」

「どうでもいい。同じグループ内で付き合うとか、それこそ絶対ありえん。これも言ったはずだよな。俺は今の五人のまま、楽しく遊んでるほうがいいって」

「別にグループ内で付き合ったからって、五人の関係は変わらないと思うけど？」

「変わるんだよ」

中学二年のときの苦い記憶が脳裏をよぎる。

和道《かずみち》とめぐみ。そこに俺と新太郎を合わせた四人だった。

なにをするのも一緒だった俺たちでも、和道とめぐみが付き合い始めたことで、バラバラになってしまった。当たり前だ。恋人同士になった二人の横に、いつまでもくっついていられるわけがないんだから。

それでもあの頃の俺は、ずっと変わらない関係だって信じていて。いつもくっついて回っていて。じつは二人から疎《うと》まれていたことにも気づかなかった、厚顔無恥の大バカ野郎。

……ありえない仮定だけど、もし俺が朝霧火乃子さんと付き合うことになったとしてだ。

それでも変わらず、今の五人組のままでいられるだろうか。たとえば朝霧さんと二人きりでいるよりも、五人で一緒にいる時間を優先していれば……いや、そんなの無理だ。

だってそんなことをすれば、絶対みんなから言われるはずだから。

もっと彼女と二人だけで遊んでやれよって。それでみんなのほうから遠慮して離れていってしまう。朝霧さんに限らず、彼女がいたらそうなるのは当然だよな。

だったら俺は、やっぱり彼女なんていらない。

俺はもう、新太郎や青嵐とまで距離ができてしまうのは――――本当に嫌なんだ。

そんな俺の考えは、やっぱりガキなんだろうか？

恋人を作るより、友達と一緒にいたいなんて考えは、おかしいんだろうか？

「そんなにみんなで遊んでたいならさ。ダブルデートってどう？　古賀くんと火乃子ちゃんが恋人になって、私も青嵐くんとなんとか恋人になって、みんなで一緒に遊びに行く。どう？」

そんなことを平然と言ってのける成嶋さんに、少し腹が立った。

「……新太郎はどうするんだよ」

「誰かいい人を紹介してあげるの。私ってほかに友達いないから、火乃子ちゃんにお願いしてみるとか。それでみんな彼氏彼女もち。全員がハッピー。ね、いいアイデアじゃない？」

「発想が馬鹿げてる。そこまでして恋愛したいのかよ」

「もちろん」

成嶋さんはにっこり笑った。

「私はそういう生き物だから」

「……まったく理解できない。友達のままでいいじゃないか。恋人になって別れでもしたら、それこそ一緒にいられなくなる。だったら最初から、恋人関係になんてならないほうが」

「それが古賀くんの価値観なんだよね。でも私の価値観は違うの」

成嶋さんが俺の頬に手を伸ばした。

そこにくっついていたらしいご飯粒を、人差し指ですくい取ると、

「私は身を焦がすような恋がしたい。体も心も、人生も、自分のすべてを捧《ささ》げたいって思えるような運命の人と出会いたい。そのためなら友達なんてどうでもいい。火乃子ちゃんは大事な親友だけど、もし好きな人がかぶったりしたら、私は迷うことなく男の人を選ぶ。たとえそれで、火乃子ちゃんとの仲が険悪になるとしても」

俺を見つめたまま、人差し指のご飯粒にぷっくりした唇をかぶせた。

「ちなみにこれは、火乃子ちゃんにも伝えてることだよ。私、周りの女子には、ちゃんと言うって決めてるの」

恋愛より友達を大事にしたい俺。

友達より恋愛を大事にしたい成嶋さん。

俺たちの考え方は根本的に違っていて、どこまでいっても交わらない。

「……改めて思ったよ。俺と成嶋さんはウマが合わないって」

「あれ、今さら？」

成嶋さんが意地の悪い笑みを浮かべた。

「そんなわけで、私は今までどおり青嵐くんにアプローチを続けるから。彼が私の運命の人かもしれないし。古賀くんはグループの関係を大事にしたいみたいだけど、そんなの私の知ったことじゃないから」

「だからそれは……好きにしたらいいけど……」

「でも私と青嵐くんがもし付き合うことになったら、古賀くんは『青嵐と遊ぶ頻度が減って、つらいよ〜』ってなるんでしょ？　ほんと、そういうところが童貞大王」

「青嵐とだけじゃなくて、成嶋さんともな。俺は五人でいるのが好きだって言ってるだろ」

「…………………」

成嶋さんはそこで途端に押し黙ると目を落として、

「…………そっか……私もまだ入ってるのか…………すごいなこの人……」

かすれるほど小さい声で、唇もほとんど動かさずに、そんな独り言を漏らしていた。

「俺だって……わかってるんだよ……今の関係がずっと続くわけないってことは……」

成嶋さんと青嵐がうまくいくにしろ、いかないにしろ、色恋が絡《から》んでくる以上、俺たち五人はずっと今のままじゃいられない。そのときは受け入れるしかない。そんなのわかってる。

俺はただ怖がってるだけなんだ。あのときみたいに、それまで当たり前だった友達関係が、急に変わってしまうことが。これはもう一種のトラウマといえた。

俺も成嶋さんも、どっちも俯《うつむ》いて押し黙ったまま。

安物の冷蔵庫の低い唸《うな》り声だけが響く部屋のなかで、最初に沈黙を破ったのは、

「……………はあ〜、うざうざ」

成嶋さんの盛大なため息だった。

「あのね、私の気になる人が同じグループにいる相手だからって、『じゃあ諦めるね』なんて

言えると思うか！　なにが五人でいるのが好きー、じゃ！　笑かすんじゃねえ！」

うん。めちゃくちゃ正論だ。ぐうの音も出ない。

「やーいやーい、このくそ雑魚《ざこ》童貞！　悔しかったらなんか反論してみろ！　女子にここまで言われて、なんも言えねーのか！　ざっこっが！　ざっこっが！」

ぐうの音も出ないし、なんでそんなにテンション高いのか知らんけど。

「ほらほら、おっぱいさわる？　ちょっといじめすぎたお詫《わ》びに、さわらせてあげるよ～？」

このエセ陰キャ痴女にここまで言われると、やたら腹が立つ。

だから俺は。

スマホの再生アイコンをタップした。


『ほらほら、おっぱいさわる？　ちょっといじめすぎたお詫《わ》びに、さわらせてあげるよ～？』


「なんで録音してんのッ⁉」

すかさず成嶋さんに取り上げられて、録音データを消された。

「言ってることはわかるし、そのとおりだと思うけど、なんかイラッとしたから」

「油断も隙もないわ……ほんと食えない奴《やつ》」

「成嶋さんの料理なら、ちゃんと食ってるぞ」

「つまんねーんだよ！　まじで死ね！」

口が悪いな。ほんと青嵐たちにも聞かせてやりたいわ。


食べ終わったあとの食器も、成嶋さんが洗おうとした。

そこまでやってもらうのは悪いんで代わろうとしたんだけど、成嶋さんは譲らない。

「いいっていいって。私、洗い物も自分でやりたい人だから」

「じゃあ俺もそれを手伝うってことでどうだ？」

予備のスポンジを出して、一緒に洗い物をすることになった。

「ふふ。なんかキッチンに並んで立ってると、同棲《どうせい》してるみたいだね」

「成嶋さんと同棲《どうせい》とか、想像しただけでおぞましいな」

そんな軽口を叩《たた》いても、

「あははっ。確かに私と同棲《どうせい》したら大変だよ。毎日古賀くんのカラダを求めちゃうから」

それ以上の軽口で返される。

洗っていた茶碗《ちゃわん》を落としそうになったのは内緒な。

「まあ古賀くんは、火乃子ちゃんがいいんだろうけどねー？」

「そうだな」

「おっ、認めたね〜。ということは、やっぱり？」

「朝霧さんのことが好きなのは認めるけど、付き合いたいとは思ってない」

「それ火乃子ちゃんに失礼だよ〜？」

「だから言うつもりもないんだよ」

そんな話をしているうちに洗い物が終わって。和室に戻って。

成嶋さんが帰り支度を整えた。

「さてと。じゃあ私は帰るから」

「ああ」

ベッドでスマホをいじっていた俺は、そっちに目を向けず手をひらひら振った。

「今日はいろいろ話せてよかったよ。とにかく古賀くんが、本気でグループを大事にしたい人だってことはよくわかった」

「そうですか」

そっけなく言い放ったけど、じつは俺も今日は話せてよかったと思っていた。

成嶋さんがどれだけ恋愛に対して真剣か、こっちもよくわかったからだ。

友達より恋愛が大事。恋愛のためなら、たとえ親友だって切り捨てる。

そんな成嶋さんの考えは、俺とはまるで正反対だけどさ。

でも、あそこまではっきり言ってのけられる女子って、そうそういないと思うんだよ。

たとえそれが世間の女子全員の本音だったとしても、実際に口に出せる人はきっと少ない。

世の中は友達より恋人を優先する人のほうが、嫌われる傾向にあるからだ。

当然だ。友達は複数人なのに対して、恋人は一人。そのたった一人だけに目を向けて、複数を疎《おろそ》かにすると捉えられても仕方のない発言なんて、そりゃあ敬遠もされるだろう。俺だってそういうタイプは苦手だ。

だからみんな、白い目で見られることを恐れて、わざわざ口には出さない。


——ねえねえみんな。彼氏と私らの関係、どっちが大事？

——そりゃ彼氏も大事だけど、やっぱウチらの友情が一番っしょ！


そんな話をしている女子たちは、いたるところで散々見てきた。

だけど成嶋夜瑠は。

はっきりと「自分は恋愛のほうが大事だ」と宣言する。

それは親友の朝霧さんにも伝えてるんだと。

俺にその気持ちは理解できないけど……偽善的な枠にとらわれず、自分の信念を包み隠さずに口にできる彼女が、すごく自由に見えて。

ちょっとだけ、かっこいいなんて思ってしまった。

あくまで、ちょっとだけな。

だからもうこいつの恋愛脳は否定しない。そういう奴《やつ》もいるんだって受け入れる。

「俺も成嶋さんと話してよくわかったよ。恋愛を大事にするその姿勢、本当にすごいって思った。まあ俺には理解できないけど、もう変に嚙《か》み付《つ》いたりは——」

「そんなわけで、青嵐くんに告白するのはもう少しあとにする」

「え？」

部屋の入り口付近に立っていた彼女は、俺ににっこりとした笑顔を向けていた。

「あ、もちろん彼を諦めるわけじゃないからね。古賀くんは夏休みにみんなで遊ぶ計画を考えてるでしょ？　いつもの五人で。その、私も含めて」

「そうだけど……」

成嶋さんは両手をぱんと重ねた。


「じゃあそれまでは、今の友達五人組のままでいよう」


……急にどうした。

いや、俺としては、めちゃくちゃ嬉《うれ》しいことなんだけど。

「成嶋さんは……それでいいのか？」

「うん。まあ青嵐くんともっと距離を縮めてから告白したいって部分もあるけどさ。そこまで友達を大事にしたがる古賀くんが、五人でどんなことして遊ぶつもりなのか興味出てきたの。なんだっけ。夏のビッグパーティ計画？　それ名前負けしないくらいの計画なんでしょ？」

「もちろん……そのつもりだけど……」

うんうんと満足そうに頷《うなず》いた成嶋さんは、また蠱惑《こわく》的に笑うと、

「それに古賀くんには、もっともっと女の子に興味もたせて、彼女を作る気にさせておかないとね。あとで『友達取られたから、もう生きていけない〜』とか泣かれてもきついし」

そう言いながら自分のでかい胸を持ち上げて、ゆさゆさ揺らしやがった。

「だ、だからそういう真似《まね》は……！」

「んふふ。ほんと童貞ざ古賀くんはからかい甲斐《がい》があるな〜。じゃあまたね。学校でも仲良くしてよ？」

「……それはこっちのセリフだろ、この猫かぶり痴女。二人のときはいくらでも悪態ついてくれていいけどな。みんなの前ではマジで俺とも普通にしてくれよ？」

「うん。これは二人だけの秘密」

成嶋さんは小指を立てて軽く振ったあと、玄関に向かった。

最後にもう一度だけ振り返る。

「そうそう。私が料理を作りにきた理由なんだけどね。じつはもうひとつあるんだ」

「なんだよ」

「……これでも初めての一人暮らしって、結構心細かったりするんだよ」

「は？」

「作り置きの肉じゃが、早めに食べてね」

それだけ言って、今度こそ俺の部屋を出ていった。

薄っぺらいドアが閉まったあと、すぐに隣の部屋のドアが開く音がした。

初めての一人暮らしは心細い？

そりゃ昨日までは成嶋さんも、家族で食べるのが当たり前だったんだろうけど。

それで寂しかったから、俺の部屋にきたってこと？

だったらなんで、まだ高一なのに、無理して一人暮らしなんて始めたんだよ。

やっぱ俺みたいに、ただの憧れで始めたってわけじゃないんだろうな……。

帰《かえ》り際《ぎわ》に見せた気弱な笑顔は、例の猫かぶりだったのか、それとも素だったのか。

「……わからん」

わからんけど、でもまあ。

成嶋さんはグループを大事にしたいっていう俺の子どもじみた考えにも理解を示してくれた。

夏休みにみんなで遊ぶ計画を実行するまでは、青嵐にも告白しないって言ってくれた。

苦手な奴《やつ》だけど、少しくらいは優しくしてやっても、いいかな。

……初めての一人暮らしも心細いらしいし。
この夏が終わる頃には、きっと俺たち五人の関係も変わっている。
だからこそ俺は、それまでにみんなとの思い出をいっぱい作るんだ。
青臭くて痛々しくて、バカみたいに楽しい学生時代の黒歴史。
そんな最高の思い出を、最高の五人でいっぱい作ってやるんだ。

数時間後。ベッドに入って寝ようとしたとき。
薄い壁越しに、隣の成嶋さんの部屋からやけにエロい嬌声《きょうせい》が聞こえてきた。
『あっ、あんっあんっ――――い、いぐう〜〜〜っ！』
当たり前だけど、成嶋さんがなんか致しているわけじゃない。
俺はこのセクシー女優さんの声をよく知っている。
うん、これはたぶんあれだ。俺が昨日見た、えっちなサイトの動画だ。
やっぱあの野郎、俺のタブレットＰＣの閲覧履歴をばっちりチェックしてやがったな。
そんでＵＲＬを飛ばすなりして、自分の端末からも見られるよう細工してたっぽい。
俺のスマホに、そんな悪魔からのメッセージが届く。

成嶋夜瑠【古賀くんって結構えぐい性癖あったんだね。だいぶショック】

マジで最悪。もう死にたい。

やっぱりこんな性悪女に優しくしてやる必要はない。

布団《ふとん》をかぶっても、絶妙な音量で聞こえてくるセクシー女優さんの嬌声《きょうせい》が耳を刺してきて。

俺は成嶋夜瑠の策略どおり、エロい妄想に悩まされながら眠れない夜を過ごした。

第五話　友達

「マジで最高だったな、あの映画！　純也《じゅんや》が言ってたとおり爆発シーンのオンパレードだったけどよ、ラストでまさか地球ごと爆発しちまうとか！　もう腹抱えて笑ったわ！」

翌日の日曜日。

前から約束してたとおり、俺たち五人は全員で例のB級アクション映画を観に行った。

もともとは成嶋《なるしま》さんが青嵐《せいらん》と二人で別の映画に行こうとしてたところ、あの日俺が割り込んでしまったもんだから、こんな形になってしまったわけだ。

もちろん今となっては本気で悪かったと思ってる。

そんな成嶋さんは、映画の席でもちゃっかり青嵐の隣に陣取っていた。

帰り道を歩いているこの陣形もそうだ。

歩道で横一列になるわけにもいかず、俺と新太郎《しんたろう》と朝霧《あさぎり》さんの三人が前。

その後ろを成嶋さんと青嵐の二人が並んで歩いている。見事に抜かりない。

「これからどうする？　まだお昼だし、あたしとしては」

朝霧さんが後ろの成嶋さんに振り返った。

「夜瑠《よる》の新居を見に行きたいんだけどな～？」

「あ、えと……別にいいんだけど、まだ段ボール箱だらけだよ……？　その、ガスだって今朝開栓したばっかりだし……」

気弱な小動物のように、肩をすくめて笑う成嶋さん。今日も猫かぶりは絶好調だ。

「純也と同じアパートなんだってね。なんか楽しそうでいいなあ」

これは新太郎。まったく楽しくはないんだけどな。

成嶋さんが隣に越してきたことは、もうみんなに伝えてある。そのあと俺の部屋に押しかけてきたくだりは、なんか言いにくいから内緒にしていた。

青嵐がからかうように笑った。

「つか、お隣さんだったらあれじゃん。純也ん家《ち》に醬油《しょうゆ》とかいろいろ借りに行けていいよな」

「そ、そんな、行かないよ……男の子の部屋になんて……」

どの口が言ってんだ。昨日は醬油《しょうゆ》どころか、シャワーを借りにきたくせに。

そんな性悪猫かぶりと目が合う。ものすごい双眸《そうぼう》で俺を凝視していた。

余計なこと言ったら殺すぞ――――目だけでそう訴えられている気がした。

「そ、そうだ！　成嶋さんの部屋はまだ片付いてないだろうし、今から俺の部屋で、たこ焼きパーティでもするってどうだ!?」

成嶋さんの目力から逃れるために出た言葉だったけど、案外いいアイデアだと思う。

「お前ん家《ち》、たこ焼き器なんかあったっけ？」

「この前ネットで買ったんだよ。いつか五人で青春のタコパがしたいって思ってな」

「んじゃ決まりっ！　夜瑠の部屋を見物したあとは、古賀《こが》くんの部屋でタコパだ！」


俺と青嵐と新太郎の男三人チームが、近所のスーパーで買い出しをして。

その間に朝霧さんは、成嶋さんに部屋を見せてもらっていた。

で、俺の部屋の前で合流。

「みんなも夜瑠の部屋、見せてもらう？」

「え、いいの成嶋さん？」

朝霧さんの提案に真っ先に興味を示したのは、意外にも新太郎だった。この童顔スケベ。

まあ女子が一人暮らしをしてる部屋なんて、あんまりお目にかかれるもんじゃないしな。

家主が遠慮がちに頷《うなず》いたんで、俺たち男三人も成嶋さんの部屋に上がらせてもらった。

当たり前だけど、間取りは俺の部屋と同じ。

八畳の和室にカーペットを敷いた１Ｋ。まだ片付いてない段ボールが散見されるなか、本棚やベッド、タンスなんかの大型家具を中心に、居住環境が整いつつある段階だった。

ちょこちょこ目につく小物類が、いかにも女子の部屋っぽい。ベッドの上には、ウサギのぬいぐるみなんかもあるし。

部屋の隅にある勉強机には、薄桃色のノートＰＣが置かれていた。

さてはあのノートＰＣが、昨日俺を寝不足にした元凶だな？

成嶋さんが耳元で、ぼそりと囁《ささや》いてきた。

「えっちな動画のことは秘密だぞ。貴様もあの性癖を暴露されたくなかろう？」

当たり前だ。怖い声出すな。てかもう忘れてくれ。

「おっ。成嶋ってメロコアとか聴くんか。って、おいおい、スクリーモまであるじゃん！」

窓際《まどぎわ》のＣＤラックを見ていた青嵐が、嬉《うれ》しそうに言った。

「う、うん……中学のときにね、ちょっとハマって……」

すぐさま元の内気な女子を演出できるところが、もうさすが。

「ラインナップもいいけど、ＣＤで揃《そろ》えてるなんてすげー通じゃん。やっぱＣＤのジャケットって現物で見たいよな！」

「う、うんうん！　ディスクをセットするのが手間だけど、これから音楽聴くぞーって感じがして、データ音源よりこっちが好きなんだ……！」

話が合ってなによりですね。俺は断然サブスク派だけど。

「んじゃあ、そろそろ古賀くんの部屋に行って、タコパしますか！」

朝霧さんが両手をぱんと叩《たた》いてそう言った。

「んー、なんていうか……男の子って感じの部屋だなあ」

朝霧さんは興味深そうに、俺の部屋をじっくり見回していた。

当たり前だけど、俺の部屋には女子っぽい小物類なんてない。

マンガとゲームだけの本棚には、新太郎からもらったアニメの食玩を並べていて、トイレのドアには青嵐からもらったジャニス・ジョプリンのポスターが貼ってある。ちょっと破れていても気にしないのが男だ。

「狭いけど、適当に座ってくれ」

八畳のこの汚い部屋に、五人も入ったのは初めて。

さすがにちょっと窮屈だけど、まあ俺がベッドに座ったら問題ない。

座卓の上に、新品のたこ焼き器を出す。勝手知ったる青嵐が、そのコンセントを電源タップに差し込んだ。

俺は部屋を片付けながら、キッチンで生地の仕込みをしていた成嶋さんに呼びかける。

「成嶋さん、悪いけどソース取って」

「はい」

冷蔵庫を開けた成嶋さんが、ソースを取って渡してくれた。

「お、古賀くんってソースを冷蔵庫に入れとくタイプなんだ。夜瑠もよくわかったね」

そんな朝霧さんのセリフに、俺と成嶋さんは同時に「はっ」とした。

ソースはシンクの下とかに常温で保管している人もいる。

成嶋さんが迷わず冷蔵庫を開けたのは、昨日料理を作ってくれたときに見てたからだ。

くそっ、こんなところにも落とし穴があったとは……っ！

「え、えと、私の実家も冷蔵庫に入れてたから、それが普通だと……」

「そ、そうそう！　ちょっと冷えるけど夏場だし、冷蔵庫が吉なんだよな。ははっ」

「んん？　なんか二人とも慌《かし》ててない？」

朝霧さんが首を傾げて俺たちを見ている。

「え、そかな……別にそんなことないけど……？」

成嶋さんはいつもどおりに、平然と言ってのけたあと、

「ソースくらい自分で取ってよ……！」

「そっちが迂闊《うかつ》だったんだろ……！」

俺と小声でそう囁《ささや》きあって、何事もなかったように離れる。

なんかみんなに秘密にしてることがあるって、すごく後ろめたいぞ……。

油を引いて温めていた鉄板のくぼみに、成嶋さんが液状の生地を投下。

あらかじめ新太郎が細かくカットしていたタコを、それぞれブチ込んでいく。

たこ焼きパーティのいいところは、なんと言ってもこの手軽さだよな。

「これひっくり返すの誰がやんの？」

「もちろん家主の俺がやる。華麗なキリ捌《さば》きを見せてやるぜ！」

「おいおい純也。まだ生地が固まってねーって」

「でもこの端のほうなら、もういけそうだよ。僕がやろうか？」

「あ、あの……全部固まってから、その、やったほうが……」

こんなふうに、みんなでわいわいしながら焼くのも楽しいし。

十分に焼けたたこ焼きを、俺がキリでくるくる回して。

朝霧さんが「やりたい！」って言うから貸してあげたのに、めっちゃ下手で。

みんなそれぞれ一回ずつたこ焼きをひっくり返したけど、一番上手だったのは成嶋さんで。

「じゃあ、いただきまーす！」

焼き上がったたこ焼きを、みんなで食べた。

「んっま！　生地ふわっふわだぞ！　やるじゃねーか、成嶋！」

「ほんとだ、やばっ！　夜瑠って料理ならなんでもイケるんだね！」

「あはは……え、えっとね、お醬油《しょうゆ》とみりんの分量に、コツがあるんだ……」

「あっつ！　舌がやけどしそうなんだけど、みんなよく食べれるね。僕が猫舌なだけ？」

ああ、この五人でいると本当に楽しいな。

やっぱり俺は、今の友達関係のままが一番いいよ。


「え、えっと……食べないの、古賀くん」

成嶋さんが不思議そうに俺を見ていた。

「いや、もらうよ」

ベッドに座っていた俺は、紙皿に取ってもらったたこ焼きに箸をつける。

たこ焼きの上には、かつお節がめちゃくちゃ踊っていた。

……じつは俺、わざわざ言ってないけど、かつお節が苦手なんだよな。食べたときのわしゃわしゃ感とか、上あごにくっつくあの感じとか。そもそも熱で蠢《うごめ》くこの見た目も怖い。

だから箸でそっと避けてから食べたんだけど。

「────くすっ」

そんな俺を見ていた成嶋さんが、小さく笑った。

かつお節を避けたところを見られたか。そんなのが苦手なんだ〜って顔してるわ。

たこ焼きを何周か焼いて食べたあとは、お菓子を広げてみんなでアニメ鑑賞会をしていた。

アニメのブルーレイを持ってきたのは新太郎。

映画のあとは俺ん家《ち》に行くかもしれないと思って、あらかじめ用意していたらしい。

そのアニメは主人公の男と、二人のヒロインの三角関係を描いたドロドロの恋愛劇だった。

主人公の身勝手すぎる行動にイライラしつつ、やっぱ友達だけでいいわ、なんて改めて思ったけど、俺もみんなと同じくテレビ画面に釘付《くぎづ》けになっていた。

そしてそのブルーレイは、ちょうどいいところで終わる。

朝霧さんが新太郎に目を向けた。

「……この主人公の誠《まこと》って奴《やつ》、最後どうなんの？」

「それは見てのお楽しみだよ」

このアニメのブルーレイは二枚組で、いま観《み》たのが前半だそうだ。

「じゃあさっさと続き出せよ新太郎。ほら、早く早く」

青嵐が新太郎の華奢《きゃしゃ》な肩を揺さぶる。こいつもまだまだ観《み》たいらしい。

「でもそろそろいい時間じゃない？」

そう言われて時計を見た。

外はまだ明るいけど、もう夕方の六時前。実家暮らしのみんなには門限だってある。

「俺ん家《ち》なら問題ねーよ！　こんな途中でお預け食らってたまるかっつーの！」

「あたしも同意！　うちには連絡入れとくし、家主の古賀くんさえよければ！」

もちろん俺は全然いいんだけど、残りのメンツは……。

「まあ僕も大丈夫かな。純也の家で勉強してるって言えば」

新太郎もオッケー。そして最後の成嶋さんは、

「……あ、あの、私も続き、気になる」

だろうな。こういうドロドロの恋愛劇、めっちゃ好きそうだし。

「じゃあ、もうちょっとだけ観《み》るか」

「いえーいっ！」

テンションの上がった朝霧さんが、成嶋さんとハイタッチを交わす。

「それじゃ後半の円盤、入れるよ？」

「おっと新太郎、一旦ストップだ」

再生機代わりゲーム機にディスクを入れようとした新太郎を、青嵐が止めた。

「続き観《み》る前に、買い出し行っとかね？」

座卓の上にパーティ開けされたお菓子類は、もうほとんどカスしか残っていなかった。

じゃあ行くか、と立ち上がった俺だけど。

残りのメンツは誰もあとに続こうとしない。朝霧さんと青嵐にいたっては、にたにたと悪い笑みで俺を見ている。

「……まさかお前ら、俺一人に行かせる気か？」

「うん。そのほうが早いっしょ？　古賀くんが一番この辺に詳しいわけだし」

「俺らのことなら気にすんな。お前が戻ってくるまで、桃鉄でもやっとくわ。どこだっけ？」

おいおい……。

一方、新太郎と成嶋さんはおろおろしている。ついて行ってもいいけど、流れ的には行かないほうがいいのかな、なんて考えてるような、そんな感じ。

「いやいや！　なんで俺一人に行かせてお前らだけ桃鉄なんだよ！　誰か一緒に行こうぜ！」

「んじゃ買い出し班、どうやって決めるよ？」

「あ、あの……別に私が一人で行ってきても、いいけど……？」

おずおずと手を挙げたのは成嶋さんだ。

「じゃあ悪いけどよろしく。一人二百円くらいで足りるよな？　えっと、桃鉄は……っと」

座卓に小銭を置いた俺に、方々から白い目が突き刺さる。

「純也……さすがに成嶋さん一人に行かせるのは……」

新太郎のそれに、青嵐と朝霧さんも「うんうん」と同調。

くっ、俺一人に行かせることには抵抗がないくせに、成嶋さんだとだめなのか。

みんな知らないだけなんだって。この猫かぶり女に気を遣う必要なんてないのに。

「あ、じゃ、じゃあさ……私、いい提案があるんだけど……」

身をすくめた猫かぶり女が、意地悪そうに笑った。

たこ焼き器に背を向けた状態で、俺たちは生地が焼ける音を耳にしている。

「くくっ。成嶋も面白ぇ奴《やつ》だなあ。まさか『デスソース』を持ってくるとか、お前最高かよ」

「ふふ……みんな、まだこっち見ないでよ……？」

なんでそんなものを持ってるのかは知らんけど、成嶋さんは一旦隣の自分の部屋に戻って、その殺人的な辛さに定評がある調味料を取ってきた。

つまり成嶋さんのいい提案とやらは、『ロシアンたこ焼き』だったのである。

焼いたたこ焼きの中にひとつだけ、大量のデスソースを入れておく。それを口にした奴《やつ》が、仕掛け人の成嶋さんと一緒に買い出しに行く。そんなルールだ。

「別にこんなことしなくても、僕が一緒に行ってよかったんだけど……」

「ぬるいこと言うな新太郎！　で、まだか成嶋さん⁉」

「え、えっと……できたよ。みんなこっち向いて」

ちょうど準備が整ったらしく、成嶋さんの合図で俺たち四人は一斉に振り返った。

鉄板上のたこ焼きはちょうど四人分。

あとは四人全員が適当な一個を同時に取って、同時に口に入れるって段取りだ。

「なんかドキドキする〜。ね、一応聞きたいんだけど、どのくらい入れたの？　デスソース」

「ふふ、ちょっとだけだよ」

朝霧さんに聞かれた成嶋さんは、指で「ちょっとだけ」のジェスチャーをしたけど、絶対そんなわけがない。

だって俺はこの四個のたこ焼きを見た時点で、その性悪猫かぶりの謀略も見抜いている。

鉄板で湯気を立てているたこ焼きには、青のりとかつお節もまぶされているんだけど。

明らかに一個だけ、かつお節がまったく乗ってないたこ焼きがある。


ひと目でわかった。デスソース入りはあれだ。

俺がかつお節は苦手だって悟ったからこそ、俺が取るであろうあれに大量のデスソースをブチ込みやがったな？

こいつがロシアンたこ焼きを提案してきた時点で、絶対なんかあるって思ってたんだ。

どうせまた俺をいじめて遊びたかったんだろうけどな。

そんな単純な罠《わな》に引っかかる俺じゃねーっての。浅はかだぞ、成嶋夜瑠。

「じゃあみんな、一斉にいくぞ？　せーのっ」

「――――待った」

青嵐の合図で手を出そうとしていたみんなを、一旦止めた。

むしろ逆か……？　だってあんなの、あからさますぎるような……いや、でも……。

「んだよ純也？　こんなの確率なんだから、ずばっといこうや？」

むうう……どっちなんだ……あのかつお節ナシは危険牌《ぱい》なのか？　それとも安牌《あんぱい》か？

「ふふ。じゃあ私が合図するから、みんなもう待ったナシ……ね？　せーの……っ！」

まだ答えが出せないなか、成嶋さんの掛け声で俺たちは一斉にたこ焼きに手を伸ばす。

数秒後、一人の男の絶叫がアパート中にこだました。

「んがっらあああああああああああッッッ!?」

◇

「やーいやーい。単純な罠《わな》に引っかかってやがんの。ばっかだな～」

「……くそ」

昼間の熱気が落ち着いて、涼しくなったコンビニまでの薄暗い道を、俺と成嶋さんは並んで歩いていた。

「私がロシアンたこ焼きを提案した時点でわかれっての。一個だけかつお節ナシなんて、どう考えても狙い撃ちじゃん。いや〜、ほかのみんなが食べなくてよかった〜」

だろうな。さすがにあれは入れすぎだっての。まだ口の中が痛いわ。

というわけで結局俺が取ったのは、かつお節ナシのたこ焼き。そしてその中に、おびただしい量のデスソースが入ってたってわけ。

「でもいくら怪しくても、古賀くんなら絶対あのかつお節ナシを取るって思ってたんだよね。だって苦手な食べ物って本能的に避けたくなるもんだし。あははははっ！」

実際そうだった。答えが出ないまま掛け声をあげられたら、かつお節が踊り狂っているほかのたこ焼きにはやっぱり手が伸びなかった。

そんなことまで計算済みだったとは……なんて恐ろしい女だ。

二人きりになって猫かぶりの仮面を脱ぎ捨てたそいつは、もうずっと笑い転げている。

「てかほんっとおかしい！　『んがっらああああ!?』ってなに？　これしばらくは、おかずにも困らないな〜。あはははははっ！」

「おかずって言い方やめろ」

「だってさ〜。あははははっ！　もうほんと面白すぎてお腹《なか》痛い！」

田んぼや畑ばかりの拓《ひら》けた道で、その笑い声はよく通る。

遠くに見える稜線《りょうせん》が夕焼けで茜色《あかねいろ》に染まっていたけど、もうそこまで届いてるんじゃないかって思えるくらい、それはそれはバカでかい笑い声だった。

「……買い出し班なんて公平にじゃんけんで決めたらよかったのに。そしたら青嵐と一緒になれたかもしれないんだぞ。わざわざロシアンたこ焼きで、俺を狙い撃ちする必要は……」

「んー、そうなんだけどさ」

成嶋夜瑠は頰に人差し指を当てて、また蠱惑《こわく》的な笑みを向ける。

「古賀くんと一緒に買い出し行きたかったから？」

「は、はあ？」

「んふふ。喜んでる。まじ童貞だ。ざ古賀くん、ざっこ〜い。女子に慣れてなさすぎ〜」

ああ、これも例のアレなわけね。もっと女子に興味をもたせたいとかいうやつ。それでわざわざ俺と二人で買い出しに行けるよう仕向けたってわけか。

……まあ単純に、俺にデスソースを食わせたかっただけかもしれないけど。

「喜んでるわけねーだろ……この性悪猫かぶりが……」

近場のコンビニに到着した俺たちは、さっさと買い出しを済ませた。

大量のお菓子や飲み物で二つ分になったビニール袋は、どっちも俺が持ってやった。

「うむうむ。さりげなくそういうことができる男の子って、結構ポイント高いぞ？」

「俺が成嶋さんのポイントを上げてどうすんだ」

「確かにね！　火乃子《ひのこ》ちゃんにも優しくしてあげるんだぞっ！」

隣を歩く俺の腕を、肘でつんつん突いてくる。

そんなコンビニからの帰り道。俺と二人でいるとき限定の成嶋夜瑠。

ほんと、改めて思うんだけど。

やっぱりみんなと一緒にいるときとは、全然違うんだよなあ……。

「なあ。そんなにキャラ使い分けてて、疲れないのか？」

「もう慣れてるからね。私のこういうとこ知ってるの、家族とかごく一部の人だけなんだよ」

だからって別に、優越感なんて感じないけどな。

「……あの猫かぶりって、青嵐を釣るための餌なんだよな？」

「え？　別にそういうわけじゃないけど……まあ人に構ってほしいっていうのはあるのかも。

もう癖になってるし、どっちが本当の自分なんだーとか考えないこともないけどさ」

「じゃあその猫かぶりで、今まで何人も、たらし込んできたってわけだ」

「おっ？　古賀くんもいよいよ、恋バナに興味をおもちで？」

「ちげーよ。あの猫かぶりに引っかかる男はどれだけいたのか、気になっただけだ」

まあこういう奴《やつ》に限って、どうせ大した恋愛経験はないんだろうけど。

「最初は小五だったかな。相手は家庭教師の大学生」

――――え？

「いや、あれはたらし込んだってわけじゃないか。だから最初は中一かな。相手は近所の高校三年生。その人とは一ヶ月くらいで終わって、そのあとすぐ新卒っぽいサラリーマンと」

「待って待って！」

思わず止めた。さすがに止めた。ちょっと頭の整理が追いつかない。

「……成嶋さんって」

「なに？」

「その……今まで何人の男と、付き合ってきたんだ……？」

「数えてない」

広い畑に挟まれた見通しのいい車道に、ちょうど強い夜風が吹いて。

身震いがした。

「……でもいっぱいいるよ。年上の高校生とか社会人とか。はは、四十過ぎの人もいたっけ。中一のときから、そういう相手はほとんど途切れたことがないの」

あまりにも違う次元の話をされて、目の前が真っ暗になる。

こんな奴《やつ》が――いるのか。

この子は本当に――俺と同じ、高一なのか。

「……どうしたの古賀くん？」

成嶋夜瑠が、俺の目をじっと覗《のぞ》き込んでくる。まるでこっちの感情を探るように。

そこに笑顔の類は、一切なかった。

「いやその……さすがに、びっくりっていうか……」

「昨日も言ったじゃん。私はそういう生き物だって」

確かに聞いたけど。なによりも恋愛が大事だって聞いたけど。

「――軽蔑した？」

成嶋さんは俺から少し身を離して、寂しそうに笑った。

「もしそんな女は気持ち悪いって思うなら……うん。私ここで帰るよ。そういうの、慣れてるからさ。あはは」

「そんなこと思ってないよ……ただ驚いただけ。俺にはちょっと刺激が強すぎたから」

「…………ごめんね」

なんでそんな、殊勝な顔をする。

いつもみたいに、ショックを受けてる俺を指差して、童貞童貞って笑えよ。

成嶋夜瑠は恋愛至上主義者のくせに、なんでそんな辛《つら》そうな顔をするんだよ。

俺は、彼女がこれまでいろんな無理をしてきたんじゃないかって、思ってしまって。

「……もっと自分を大事にしてくれよ」

ぽつりと、そんな言葉が漏れていた。

成嶋さんの口元が、蔑むように歪《ゆが》む。

「あはっ。やっぱり古賀くんまで、そんなありきたりな」

「違う。たぶん成嶋さんが考えてることとは、違うんだって」

成嶋さんは中一のときから、男がほとんど途切れてないって言った。

それってつまり、友達と遊ぶ時間もほとんどなかったってことじゃないのか。

そうだよ。実際こいつは、シャワーを借りにきたとき言ってたんだ。

俺たちのほかに友達はいないって。

きっと男を優先するから。いつも男と二人でいたから。

だから友達ができなかったんじゃないのか。

世の中は友達より恋愛を優先する人間が、嫌われる傾向にあるから。

だから……だからこいつは、きっと……。

「成嶋さんが恋愛最優先だってことは、もうわかってるんだけどさ」

「……うん」

「でも、もっと友達と遊ぶ時間を大事にしてもいいじゃん。そんな辛《つら》い顔をするくらいなら、男遊びばっかりしなくてもいいじゃん」

「ちょ、ちょっと男遊びって——え、なに古賀くん、もしかして……泣いてんの？」

さっきから、なんだか目が熱かった。

俺は泣いてるのか。

なんで？

わからないけど。わからないけどさ。

友達がいないって、やっぱり辛《つら》いじゃん。寂しいじゃん。

いくら彼氏が途切れたことなくてもさ。

それって絶対きついと思うんだよ。だって俺なら耐えられない。

「もっと俺たちと遊んでもいいじゃん。さっきだって、あんなに楽しそうにしてたじゃん。自分を大事にしてほしいって言ったのは、男遊びをやめろって意味じゃない。友達と過ごす時間も、同じくらい大事にしてほしいってことなんだよ」

「ちょ、ちょっと古賀くん……」

「だってさ。成嶋さんにはもう俺たちがいるし、俺ならいつでも連絡くれていいからさ。そのときは俺、めっちゃ面白い遊びを考えるからさ。だから——ああもう、なにが言いたいのかわかんないけど、とにかく気持ち悪いなら帰るとか、そういうのは慣れてるとか、そんなきついこと言わないでくれよ。俺、ほんとにそんなこと、全然思ってないから。だって友達だから」

目元をぐしぐしこする。

ほんと、なんで泣いてるんだろ俺。

たぶんあれだ。和道《かずみち》とめぐみが離れていって、友達がみんないなくなったと思ってしまったあのときの俺と重ねてるんだ。

ぽかんと俺を見ていた成嶋さんは、やがて、

「――――そんなふうに言ってもらえたの、初めてだった」

柔らかい笑顔を見せてくれた。

「だから嬉《うれ》しかった。うん。嬉《うれ》しかったよ」

笑顔なのに、そっと目尻を拭う仕草をする。

それがなにを意味するのかは、わからない。だって成嶋さんは本当に俺とは違う人だから。

「私ってさ。とにかく恋がしたい女だから、いろいろ言われてきたんだよね。陰口もいっぱい言われたし、それこそ自分を大事にしろなんて飽きるほど言われた。でも……古賀くんの言葉は、同じセリフでも、すごく響いた」

「そっか」

「本当にこんな私でもまだ――――友達って言ってくれるの？」

「当たり前だろ。いくら成嶋さんが俺のこと嫌いだって言っても」

成嶋さんは、また涙を拭う仕草をする。だからなんでそっちも泣くんだよ。

「あはは。うん、大っ嫌いだよ。でも私も友達だと思ってる。本当だよ」

「大っ嫌いでも友達って……ははっ、なんだそれ。でもまあ、友達ならそれでいいか」

「うん。それでいいの。ふふ」

小さく笑い合った俺たちは、しばらく無言で静かすぎる田舎の道をてくてくと歩く。

やがて俺たちのボロアパートが見え始めたところで。

「あ、あのさ」

ふいに成嶋さんが沈黙を破った。

「一応確認っていうか、古賀くんに言っておきたいことがあって……たぶん信じてもらえないと思うけど……」

「なんだよ」

今さらなにを言われたところで、もう驚かない。あんな話を聞かされたあとなんだから。

そしてたとえなにを言われても、俺は成嶋夜瑠っていう友達を信じる。

俯《うつむ》き加減の成嶋さんは、もじもじと恥ずかしそうに俺を横目で見て。


「私、まだ処女だからね？」

「嘘《うそ》つけぇぇッッ!?」

思わず大声が出た。

いやそりゃ出るだろ。だってそんなの、いくらなんでも信じられるわけがない。

俺を指さした成嶋さんが、やたら大袈裟《おおげさ》に後ずさった。

「ほ、ほらやっぱり！　男遊びがどうこうとか言ってたから、絶対勘違いしてるよなーって思ってたらこれだもん！」

「今さらそんな嘘《うそ》つかなくてもいいだろ!?　なにが処女だ、ふざけんじゃねえ！」

「嘘《うそ》じゃないし！　私、本当になにもしてないし！　キスだってまだだからな！」

「じゃあさっきの話はなんだったんだよ!?　中一のときから年上の高校生とか社会人とか、しかも四十歳までいたとか！　そんな連中と付き合ってて、なにもしてないわけねーだろ！」

「だから本当になにもしてないんだってば！」


問答を繰り広げること数分。

どうやらこのエセ陰キャおっぱいは、本当に潔白らしい。

恋とやらを求めて年上の男と会ってみるものの、すぐになんか違うと思って、結局は連絡を取らなくなるんだと。

もちろん成嶋さんの言葉を信じるなら、だけどな。

「キスもしてないなら、それは付き合ってるって言わねーだろ……」

「ほーら、男ってすぐそれ」

成嶋さんはため息混じりで俺を見てから。

「でも実際そうなのかも。これまでの人はみんな、ただ二人きりで遊びに行くだけの関係だったし、私もたいして好きじゃなかったから」

好きじゃないのに遊びに行くって……なんでそんなことになるんだよ。そりゃ成嶋さんにもいろいろあるんだろうけど、やっぱり十分すぎるくらい魔性の女だわ。

「……でもそんなのあれだろ。危ない目にあったことだって、あるだろ」

無理やりキスされそうになったり、ホテルに連れ込まれそうになったり。

そこはあえて言葉に出さなかったけど、意図はちゃんと伝わったらしい。

「あるよ。むしろ日常茶飯事だった。だからなんか違うなって」

「なにが違うんだよ。だいたいそんな凶暴なおっぱいで近づかれたら、男はみんな勘違いするに決まってる」

「あ、もちろん私もえっちには興味あるよ？　でも今までの人はなんか違ったの。うまく言葉にできないけど」

またとんでもないことを平然と……やっぱ童貞大王の俺には、刺激が強すぎるわ。

「危ない目にあうってわかってるのに、なんで男漁《あさ》りをやめなかったんだよ」

「その言葉もどうかと思うけど……まあ、私がそういう生き物だから？」

ようはあれか。彼氏がいないと寂しくて不安になるってタイプか。

「前から小動物みたいだなって思ってたけど、成嶋さんはもう完璧ウサギだわ」

「あはっ、面白いこと言うな〜。ウサギは寂しいと死ぬって言うもんね。確かにそうかも」

「なあ、変なこと聞くけどさ。青嵐とはちゃんと付き合いたいって思ってるんだよな？」

「……うん。もちろんだよ」

「それはその……好きってことでいいんだよな？」

「もちろん好きだよ。今までの人より断然好き。でもこれが恋かどうかは、まだわからない」

「なんだそりゃ？　『好き』と『恋』って、どう違うんだよ？」

成嶋さんは考え込みながら、俺をちらっと見た。

「……それもわからない。だからこそ真剣に付き合ってみて、ちゃんと確かめたいって思ってるの。青嵐くんが私のタイプなのは事実だから」

成嶋さんは年上の男が好きみたいだし、大人びた青嵐なんてまさにドストライクなんだろうけど。

でも話を聞く限りだと、自分の気持ちが恋かどうかは、とりあえず付き合ってみてから判断するって言ってるわけだよな？

そういう形の恋愛もあるんだろうけど……子どもの俺にはさっぱり理解できない。

「古賀くんからすれば、そんな半端《はんぱ》な気持ちでグループの輪を掻《か》き乱《みだ》すなって思うよね。こんな女で本当にごめんね」

うん。それもそう思う。

でもまあ、成嶋さんが納得するなら、アリなんじゃないだろうか。

昨日成嶋さんは、俺たちの夏の遊び計画が終わるまで、告白を待つって言ってくれた。

だったら俺のやるべきことは、それまでになるべく多く、五人の思い出作りをするだけだ。

仮に青嵐とうまくいかなかったとして。

グループにいづらくなった成嶋さんが、俺たちの前から去っていったとしても。

友達と過ごした楽しい思い出が、寂しがり屋の彼女にとって少しでも癒《いや》しになるのなら。

俺はどんなバカだって、すると思う。

アパートに着いて、錆《さび》だらけの外階段を上る。

ここは壁が薄いから、俺の部屋で待っている青嵐たちの笑い声が外まで聞こえてくる。

「ねえ古賀くん」

後ろの成嶋さんが呼びかけてきたんで、振り返った。

「その……友達といるっていうのも、結構楽しいんだね」
それは猫かぶりでもなんでもなく、彼女の本心だと受け取れる笑顔だった。
ああ。これからも、もっともっと楽しい計画を立ててやる。
成嶋さんにも友達と一緒に過ごす楽しさを、しっかりと堪能《たんのう》させてやる。
だからもう頼むから、あんな寂しそうな顔はしないでくれ。
そんな恥ずかしいセリフは言えない代わりに。
俺は成嶋さんの背中を押して、友達が待つその薄っぺらいドアを開けさせた。

第六話　計画

一学期の期末考査が終わって、いよいよ夏休みに突入した。

「こんな暑いのに、よく精が出るね～……」

ジュースを飲んでいたワンピース姿の成嶋《なるしま》さんが、俺の隣で呆《あき》れた声を出す。

「ふっ、当たり前だろ。見ろ！　この俺のニューマシン『ネオ純也《じゆんや》号エクストラ』の美しいボディを！　なんか感想よこせ！」

「んー……乗り手のネーミングセンスが鼻垂《はなた》れすぎて、その自転車もかわいそう、とか？」

頭上はペンキを塗りたくったような濃い青空。

そこにどでかい入道雲の白が添えられた、カンカン照りの夏の朝。

俺はアパートの裏庭で、親に買ってもらったばかりのチャリを洗車してるところだった。

洗剤をつけたスポンジでこすって、しっかり汚れを削《そ》ぎ落とす。

新品だからこそ、ちゃんと洗わなきゃならない。チャリ屋の店頭にずっと並んでた分、汚れもホコリもいっぱいついてるからな。

「そういや成嶋さんって、チャリ持ってないよな？　不便じゃないのか？」

「うん。学校もスーパーも、歩いていける距離だし。わざわざ買う必要もないっていうか」

「そもそも健脚だもんな」

前にただの嫌がらせで、ひたすら歩かされたこともあったし。

俺の嫌味が伝わったらしく、成嶋さんは怖い目で睨《にら》んできた。

「なんや？」

「なんだその『パン屋』みたいなアクセントは……てか怖いから、その目……」

怯《ひる》んだ俺が顔を背けたところで、待ちわびていた連中がやってきた。

「おっす。それが噂《うわさ》の新しいチャリか？」

青嵐《せいらん》と新太郎《しんたろう》と朝霧《あさぎり》さんの電車組だ。

夏休みになったことだし、今日こそこの五人でブチかます夏のビッグパーティ計画を決めようってことで、呼んだんだ。

新品のチャリを見せびらかしたかったたっていうのも、理由のひとつな。

「またママチャリなんだね」

呆《あき》れた笑みの新太郎に、ドヤ顔で返してやる。

「ただのママチャリじゃねーぞ？　なんと変速機つきだ。しかも後輪は電動自転車用のパンクしにくいタイヤにしてもらった。名付けて『ネオ純也号エクストラ』。かっこいいだろ」

「まあかっこいいけど、なんでロードを買ってもらわなかったのさ。親からの誕生日プレゼントだったんでしょ？」

「荷台があるママチャリじゃないと、また山でお前を積んでやれないからな」

「僕がいつまでも荷物だと思うなよっ」

小突きあっている俺と新太郎を見て、成嶋さんがおずおずと口を出してきた。

「え、そ、その……古賀《こが》くん、誕生日だったんだ……？」

もちろんみんなの前だから、しっかり内気な少女を演出してな。この素早いキャラチェンジにもさすがに慣れたわ。

朝霧さんが肩をすくめる。

「ちょうど昨日だったんだって。言ってくれたら、みんなでお祝いしてあげたのにねえ？」

そういうのって言いにくいじゃん。

「ま、純也の誕生日会なら、ついでに今日やったらいいだろ。浴衣《ゆかた》買いに行ったあと、どうせどっかでメシ食うだろうし。そんとき俺らで奢《おご》ってやろうぜ」

と、ありがたい提案をしてくれる青嵐。

今日の目的は、五人で遊ぶ夏の計画を決めてしまうことなんだけど、明日に迫った花火大会に着ていく浴衣《ゆかた》をみんなで買いに行く予定にもなっていた。

やっぱ花火大会って言ったら、浴衣《ゆかた》だもんな。

「あたし、地元の花火大会って意外と行ってないんだよな～。だから超楽しみ！」

「俺らは去年も行ったぜ。結構すごかったよな？」

「青嵐はそれより食べ過ぎでしょ……花火が打ち上がるまでに、夜店のメニューを全部制覇するとか言ってさ。それに付き合わされる僕たちの身にもなってよ」

「くっ。明日の花火大会は全員デブらせるつもりだから覚悟しとけや？」

「いや～ん。あたしこれ以上体重増えるとか、無理～っ」

みんなで和気藹々《わきあいあい》と笑い合う。

ほんと、この五人が揃《そろ》うとめちゃくちゃ楽しい。

「あはは……打ち上げ花火もいいけどさ、個人でやる花火も情緒があっていいよね……」

控えめに笑った成嶋さんに、青嵐が満面の笑みで返す。

「お、わかるぜ！　いっそ夏のビッグパーティ計画は、みんなでコンビニ中の花火を買い占めて、毎日個人花火大会ってのはどうよ？」

「却下。俺は金がないんだから、もっと安上がりで遊べる計画を考えようぜ」

「純也ってたまに冗談が通じねーよなあ……」

金がかかりそうな話に敏感なだけだっての。

今のところ家賃は出世払いにしてもらってる代わりに、小遣いなんてほとんどないからな。

いい加減、バイト探さないといけないよなあ……。

アパートの脇にあるホースを取って、蛇口をひねる。あとはチャリについた洗剤を洗い流したら、洗車終了だ。

「あはは……でもこの辺って結構田舎だからさ。みんなで線香花火とかやったら、すごく映えそう……なんかホタルみたいで」

成嶋さんが何気なくつぶやいたそれが、俺の手を止めた。

ホタル……？

「それだあああああぁぁッッ！」

ホースを放り投げて、ズボンのポケットからスマホを取り出す。

水は出しっぱなしだったんで、大蛇のようにのたうったホースが、近くにいた男連中に水をぶっかける形になった。

「ちょっ……！　おい純也！　水かかっちまっただろ！」

「急になんなんだよ、もう……」

そんな愚痴を気にしてる余裕なんてない。

俺はスマホで検索をかけながら、矢継ぎ早に言った。

「ホタルだよ！　この夏はみんなでホタルを見に行こう！」

「んー？　それは全然いいけどさ、ホタルってもっと早い時期じゃなかった？」

首を傾《かし》げた朝霧さんに、ホースを片付けてくれた青嵐が言った。

「確かへイケボタルなら、八月上旬くらいまで見られるって聞いたことあんぞ」

うん、ネットにもそう書いてある！　ほんと青嵐は、なんでもよく知ってるわ！

ここから一番近いホタルの群生地も、検索で出てきた。

「見られる場所もそんなに遠くないぞ……山ひとつ越えるだけで行ける！」

「それ十分遠いでしょ……」

と、新太郎。

「去年のチャリ計画に比べたら、山ひとつくらい余裕だって！」

「ちょ、ちょっと待って。まさか純也、チャリで行く気？」

「当然だろ！　近くまで電車も通ってねーし、ここはチャリ一択だって！」

それにチャリなら金もかからないし、これ以上の名案はなくね⁉

「……私も、見てみたいな。ホタル……」

お、成嶋さんはもう乗り気だな？

「その、自転車はパパのを借りてくるからさ……だからみんなで、がんばってみない……？」

新太郎に控えめな笑顔を向ける。そういうのに弱い新太郎は、いよいよ観念した。

「うう〜、わかったよ。またチャリで山越えかあ……嫌な思い出しかないんだよなあ」

「あはは……その、一緒にがんばろうね、田中《たなか》くん……」

それにため息で返した新太郎の背中を、朝霧さんが「どうどう」とさすって、

「てか夜瑠《よる》って、兄弟がいるとか言ってなかった？」

「うん、姉が一人いるよ」

「じゃあお姉ちゃんの自転車を借りたらいいじゃん。男物の自転車って乗りにくいかもよ？」

「い、いいのいいの。パパのほうが借りやすいから。あはは……」

なんか引っかかる物言いだったけど、まあ家庭事情は詮索しないに限る。

「で、みんないつがいいよ!?　俺は明日にでも行っていいけど!?」

新太郎が呆《あき》れ顔《がお》でため息をついた。

「明日は花火大会に行くんでしょ」

あ、そっか。ホタルのインパクトが強すぎて抜けてたわ。

「じゃあ明後日《あさって》か？」

「僕たちはその日から、プールの補習じゃないか」

ああ、それも忘れてた。

俺と新太郎は泳ぎがあんまり得意じゃないから、適当に理由をつけてプールの授業はなるべく見学で済ませてきたんだよな。そのツケが夏休みの補習って形で回ってきてるんだ。

一方、真面目に授業を受けていた青嵐が、やれやれと首を振った。

「だから言ったじゃねーか。プールの授業くらいちゃんと受けろって」

面目ない。こんなことになるなら、ちゃんと出ておけばよかった。

「でもプールの補習なんて朝だけなんだし、夜は空いてるじゃないか。な？」

「あのさあ。チャリで山を越えるんでしょ？　泳いだあとはきついよ。少なくとも僕は」

うーん、そうか。

じゃあ補習がない日って言ったら……。

「次の水曜だっけか。みんなの予定はどうだ？」

成嶋さんが、おずおずと手を挙げた。

「あ、あの……その日は私、本屋さんのバイトが入ってるから……」

バイトしてたのか、成嶋さん。

そりゃそうか。学生の一人暮らしでまだバイトしてない俺のほうが、おかしいんだよな。ほんと自分が恥ずかしいわ。

そんなこんなで、みんなの予定を聞いて回ったんだけど、「その日は家族旅行が」「歯医者の予約が」とかいろいろあって、どんどん後ろ倒しになっていく。

その結果――。

「五人全員が夜に行動できるのは、最短で八月九日か……」

かなりあとになってしまった。

まあ八月上旬の範囲内だから、まだホタルは見られるだろうけど。たぶん。

「そんじゃホタル見物は、その日で決定ってことでいいか？」

青嵐の言葉に、全員が頷《うなず》いた。

その日はみんなで夕方前に集まって、チャリで山越えをしてからホタル見物。

やばい。想像しただけで、めちゃくちゃ楽しそうじゃん。超青春っぽい。

「んじゃ、無事に夏のビッグパーティ計画が決まったってことで——くらえ純也っ！」

青嵐がホースの先を俺に向けて、蛇口を全開にする。

平たいレーザーのように変化した水が、勢いよく俺の全身を直撃した。

「ちょっ……おいこら！　なにしやがるんだっ！」

「さっきのお返しに決まってんだろ！　おらおらおら〜ッ！」

「スマホが水没すんじゃねーか、このバカ！」

近くの植え込みの中にスマホを隠して、青嵐に飛びつこうとした。

「きゃはは！　貸して貸して青嵐くん！　どりゃあああああ〜っ！」

「ちょっ、なんで朝霧さんまで!?　むっぷあああああっ!?」

青嵐からホースを奪い取った朝霧さんが、容赦なく俺の顔面に放水を浴びせてきた。

「もう……みんな、なにやってんだよ……」

「あ、あの、あんまり騒ぐと、アパートの人に……」

真面目なことを言う新太郎と成嶋さんは、離れた安全圏に移動してこっちを見ている。

もちろんそんなことを許す俺じゃない。

朝霧さんからホースを横取りした俺は、

「こうなったら全員道連れだ！　覚悟しろみんな！」

「ま、待って待って。僕たちは関係ないだろ」

「そ、そうだよ古賀くん。言っとくけど、やったらまじで怒——————きゃああああ⁉　この人ほんとに水かけてきた〜〜〜っ⁉」

　一瞬だけ猫かぶりの仮面を捨てた成嶋さんにも、横でわたわたしてる新太郎にも。

「やっちゃえ古賀くん……って、あ、あは。やっぱあたしも？　ちょっ、冷たい〜っ！」

「くくっ！　これホース一本じゃ足んねーぞ？　俺にもよこせ純也！」

元気いっぱいの朝霧さんにも、ノリノリの青嵐にも。

俺は全員に水をぶっかけてやった。


「あははっ！　ほんと、なにやってんだろ、あたしたち！」

「だな。ははははっ！」

漏れなく全員びしょ濡《ぬ》れになった俺たちは、みんなで笑い合った。

蟬《せみ》の大合唱が響くなか、ずっと五人で、バカみたいに笑い合っていた。

水かけ合戦のあとは、全員で近くのスーパー銭湯に行った。

猛威を振るう太陽のおかげで歩いているうちに少し乾いたけど、まだ湿っている服を併設のコインランドリーにブチ込んで、昼前から源泉かけ流しの湯を堪能《たんのう》する。

「はあ〜。生き返るわ〜」

岩に囲まれた露天風呂《ろてんぶろ》に肩まで浸《つ》かったら、自然とそんな言葉が漏れた。

俺と新太郎と青嵐。久々に男三人で入る風呂《ふろ》もいいもんだ。

「生き返るってまた、高校生らしからぬ感想だね」

「まあまあ、いいじゃねーか。さっきの水かけ合戦は完全にガキっぽかったんだしよ」

一人だけやたら大人びたガタイの青嵐が、くっくっと笑った。

「なあ。今さらだけどよ。あいつらと一緒の夏ってのも案外悪くねーもんだな？」

あいつらっていうのは、もちろん今ごろ女湯を楽しんでいる成嶋さんと朝霧さんだ。

「……でもさ。どうするんだよ青嵐」

新太郎が遠慮がちに切り出す。

「あん？　どうするって、なにが？」

「だからその、成嶋さんのことだよ。もちろんあの子の気持ちには気づいてるんでしょ？」

「んー……まあそりゃ、なんとなくな。でもどうするもなにも」

青嵐はそこで俺をちらっと見て。

「ほら、俺らには『彼女を作らない同盟』があるからよ」

……ここでその話を出すのは、ずるくないか？

中学時代、俺が言い出しっぺになって結成したアホ同盟。もちろん子どもがやる架空の戦隊ごっこと同じレベルのおふざけで、本気にしてる奴《やつ》は誰もいない。

「そういうのはいいから真面目に答えろって。成嶋さんのこと、マジでどうすんだ？」

そりゃ俺は、恥ずかしい話だけど、親友に彼女ができて遊ぶ頻度が減っちゃうのは、やだなって思ってるよ。

でもそれはそれ。好きになるのはしょうがないし、付き合うなら祝福するに決まってる。

「ま、どっちにしてもだ」

青嵐は岩風呂《ぶろ》の縁に置いていたタオルで顔を拭うと。

「成嶋って結構面白い奴《やつ》だけど、彼女とかそういう目では見れねーよ」

「でもお前、もし告白とかされたら……」

「しつけーぞ純也。俺は前から言ってんだろ。友達と遊んでるほうが楽しいって……よっ！」

両手を使った水鉄砲、もといお湯鉄砲を俺の顔に浴びせてきた。

……じゃあ成嶋さんが青嵐に告白しても、やっぱりふられる未来しかないってことか。

そのときあいつは、どうするんだろう。

やっぱりこのグループにいづらくなって、離れていってしまうんだろうか。

だからって俺の口から成嶋さんに、「告白しても玉砕するからやめろ」なんて言えないし。

グループ内恋愛って、本当に難しいな……。

「…………じゃあ青嵐は成嶋さんのこと、なんとも思ってないんだね……」

聞こえるか聞こえないかくらいの声で、ふと、そんな独り言を口にしたのは新太郎。

その表情は、どこかほっとしているようにも見えた。

風呂《ふろ》を堪能《たんのう》している間に、服の洗濯と乾燥も終わっていた。

それに着替えてロビーに行き、男三人でサービスのマンガを読みながら女子二人を待つ。

しばらくすると、服に着替えてメイクもして、出かける準備ばっちりの朝霧さんと成嶋さんが女湯のほうからやってきた。

「やっほー。やっぱ男子のお風呂《ふろ》は早いね！」

「そ、その……お待たせしちゃって、ごめん……」

相変わらず元気な朝霧さんと、対照的に引っ込み思案な成嶋さん。

もちろん後者の人のそれがあくまでイチ側面だってことは、俺だけが知っている。

「別に待ってねーぞ。んじゃ、とっとと浴衣《ゆかた》買いに行くか」

青嵐がソファーから立ち上がったとき、俺のスマホに個人宛のチャットが入る。

成嶋夜瑠【火乃子《ひのこ》ちゃんの濡《ぬ》れたすけすけシャツ、エロかったよね？】
成嶋夜瑠【ちなみに裸もすごかったよ】

ほらな。
俺と目が合った成嶋さんは、やっぱりいじめっ子の顔でくすくす笑っていた。
素早く返信すると、向こうもまた同じように返してくる。

古賀純也【いちいち報告してくんな】
成嶋夜瑠【でも古賀くんも興味あるでしょ。火乃子ちゃんの裸】
古賀純也【あるけど別に言わんでいい】
成嶋夜瑠【付き合いたくなった？　彼女ほしくなった？】
古賀純也【ならん。彼女は作らん】
成嶋夜瑠【まじつまんねえ。この童貞のくそざ古賀】
古賀純也【黙れ猫かぶりのエセ陰キャおっぱい】

「おい純也。スマホばっかいじってねーで、さっさと行こうぜ」

先に靴を履いて出口付近に立っていた青嵐たちが、まだ下足場にいる俺を見ていた。

すでに成嶋さんも靴を履いていて、みんなと一緒に俺を待っている。向こうは俺とスマホのやりとりをしながらも、手際《てぎわ》良く動いていたらしい。

……まったく。みんなと一緒にいるのに、チャットとか送ってくるんじゃねーよ。

靴用のロッカーから取り出した自分のスニーカーに、足を突っ込んで紐《ひも》を結ぶ。

そこでまた、スマホがメッセージを受信した。

またなんか送ってきたのかよ……。

紐《ひも》を結んで立ち上がってから、一応スマホを確認した。

成嶋夜瑠【そうそう。言い忘れてたんだけどさ】
成嶋夜瑠【古賀くん誕生日おめでとう♪】

二人だけのトークルームには、そんな書き込みが残されていた。

ほかに誰も知らない、俺たち二人だけの秘密のやりとりだった。

第七話　花火

花火大会当日の夕方。

俺たち五人は全員浴衣《ゆかた》姿で、学校から最寄り駅の改札口に集合していた。

男連中が黒とか紺とか地味な色だったのに対して、女子連中の浴衣《ゆかた》は色鮮やか。

朝霧《あさぎり》さんが黄色で、成嶋《なるしま》さんがピンクだ。二人とも帯に扇子を差しているところも、風流でいい。これぞ日本の夏。和って感じ。

「おい男子ども。女子の浴衣《ゆかた》を見て、なんの感想もないのはマナー違反だぞ」

「だって昨日一緒に買いに行ったからな……」

胸を張る朝霧さんに、青嵐《せいらん》が面倒くさそうに答えた。

「それでも感想を言うのが礼儀だろ～？」

「ああもう、わかったってば。二人とも似合ってんじゃねーの？」

「ふふ、だってさ。よかったね、夜瑠《よる》」

話を振られた成嶋さんが、「うん……」とつぶやいた。素直に喜んでるっぽい。

「んで、古賀《こが》くんと田中《たなか》くんは？　なんか感想ないわけ？」

　こっちにも飛び火してきた。そういうの苦手なんだよな……。

「まあ似合ってるんじゃないか？」

　と、投げやりな俺に対して新太郎《しんたろう》は、

「うんうん。元気な朝霧さんには黄色い浴衣《ゆかた》がぴったりだし、成嶋さんのピンクの浴衣《ゆかた》もすごくかわいいと思う。二人ともいいチョイスだったね。改めて見ると本当にすごくいいよ」

　食レポが得意なタレントかってくらいに、丁寧な感想を告げやがった。

「はい、田中くんがひとり勝ち抜けでーす。古賀くんはコンテニューよろしく」

「なんで⁉」

「だって青嵐くんが言ったことと同じだし、そんなのつまんないじゃん。ね、夜瑠？」

「あはは、そだね……古賀くん、もう一回お願い」

「早く電車乗ろうぜ……」

　二人の女子は自分たちが満足するまで、集合場所の改札から一歩も動こうとしなかった。


　地元の町を両断しているでっかい川が、花火大会の会場になる。

　花火師たちは川に浮かべた台船に乗り込んで、そこから盛大な花火を打ち上げるんだ。

河川敷《かせんじき》と堤防の上にはいろんな夜店が軒を連ねていて、打ち上げを待つ大勢の見物客たちでごった返している。

俺たち五人もそんな雑踏に混じって、河川敷《かせんじき》の夜店を適当に冷やかして回っていた。

定番の綿菓子に金魚すくい、りんご飴《あめ》に輪投げ、かき氷に冷やしきゅうり……エトセトラ、エトセトラ。

いろいろあるけど、あくまで俺は見る専門な。

だって夜店はどこも祭り価格で、めちゃくちゃ高いんだもん。

ほら、あそこのコーラなんて普通の缶で売ってるくせに、三百円も取りやがるし。これなら近くのコンビニまで走ったほうが断然いいわ。

「あれ？　青嵐と成嶋さんは？」

ふいに新太郎が、そんな疑問を口にした。

あたりを見回すと、いつの間にかその二人が消えている。俺の隣には、新太郎と朝霧さんしかいなかった。

この人混みではぐれちゃったのか――――って、なわけねーだろ。

成嶋さんのことだ。たぶんうまいことやって青嵐を連れ出しやがったな？

「どこ行ったんだよ、まったく……みんなで回ろうって言ってたのに……もう」

それは新太郎にしては珍しく、ちょっと不機嫌な声色だった。

「まあまあ、しょうがないんじゃない？」

朝霧さんが言う「しょうがないんじゃない？」の意味は、俺も新太郎もわかっている。だからあえて突っ込まない。だって実際しょうがないんだから。

「おっ、見て見て！　射的もあんじゃん！　あたし好きなんだよね～」

これまた夜店の定番、射的屋を見つけた朝霧さんが嬉《うれ》しそうに声を張り上げた。

「ね、ね、行ってみよ⁉　やりたいやりたい！」

満面の笑みで、俺と新太郎の背中をばしばし叩《たた》きながら射的屋に誘導する。

いつもどおり元気だけど、もしかしたら朝霧さんなりに、どこか気を遣ってくれたのかもしれない。

たぶん俺と同じことを考えた新太郎も、明るい声色に戻して乗っかった。

「そういや知ってる朝霧さん？　僕らが映画とかで聞いてるライフルの音って、人工的に作った効果音なんだって。本物を使っても、画面越しだと逆に迫力が薄くなるからだとか」

「へー、そうなんだ？　あたしも結構映画とか見るほうだけど、知らなかったな。じゃあ実際の音って、どんな音なんだろ？」

射的屋の店主に小銭を払った朝霧さんが、おもちゃのライフルを手に取った。

「衝撃波とかすごいらしいからね。僕が聞いた話だと、もっとずっしり重くて、鼓膜が揺さぶられるような、もう耳にこびりついて離れないくらい大きな音なんだってさ」

「そっか……そりゃそうだよね」

浴衣《ゆかた》の袖をまくって、おもちゃのライフルを構えた朝霧さんが、物憂《ものう》げな顔でつぶやいた。

「命を奪うことを嘆くライフルの悲鳴だもんね。じゃあ本物は聞きたくないな……」

――こういうことを言ったりするんだよな、朝霧さんは。

大人っぽい子なのに、俺たちと一緒にいるときはいつも子どもみたいにはしゃいでて。

でもたまに同じ高一とは思えないくらい、やけに達観したようなことを口にする。

そしてそんなときだけは、こうしてすごく大人びたアンニュイな表情を見せるんだ。

だからこそ俺は。そんな独特の感性をもった朝霧さんのことが――。

ぱしん。

朝霧さんのライフルから、乾いた音が鳴った。

それは人殺しを嘆く悲鳴じゃなくて、賑《にぎ》やかな夏の夜を彩《いろど》るだけの、ただの音。

「おっしゃ、一発目から当たった～！　こりゃ幸先《さいさき》よくね⁉」

お菓子を撃ち落とした景品台を指さして、子どものように飛び跳ねる朝霧さん。

もうそこに大人びた憂いの陰は微塵《みじん》もない。俺もつい笑みがこぼれてしまう。

「うまいじゃん、朝霧さん。青嵐たちにも見せてやりたかったよ」

「あはは、っ！　んじゃまた、みんなで来なきゃだね！」

「おう！　いっそ近場の夏祭りも全部、五人で制覇しちゃうか⁉　いや、待てよ。あいつらを驚かせるなら、むしろ初詣の出店までとっておくってのも、なかなか――あ」

そこで言葉が詰まった。

初詣なんて、五人全員が揃《そろ》ってるとは限らないんだ。

だってこの夏が終わる頃には、きっと――。

「……どしたん？」

「あ、ああ。なんでもない。はは、てか青嵐たち、マジでどこ行ったんだろうなあ」

誰かが欠けてしまう未来をリアルに想像してしまって、俺は慌てて取り繕った。

「……ねえ。前から思ってたんだけどさ」

柔らかく笑った朝霧さんが、おもちゃのライフルを構え直す。

「古賀くんってほんと、みんなでバカ騒ぎするのが好きだよね。しかも性別とか抜きにして、みんな平等に親友として扱ってくれるタイプ。そういう人って、案外少ないと思うんだ」

狙いをつけた銃口からまた「ぱしん」と音が鳴って、二つ目のお菓子を撃ち落とした。

「そうかな……でもそんなの、朝霧さんもみんなも」

「ううん、古賀くんは人一倍その気持ちが強いと思う。『とにかくみんなで騒ごうぜ～っ！』みたいな想《おも》いが、すごく伝わってくるっていうか。根っからのリーダー気質ってやつ？　そういうの、あたし的には、ほんといいと思うよ」

朝霧さんは喋《しゃべ》りながらも、景品を次々に撃ち落としていく。マジでめっちゃうまいな……。

「はは、でも昔はもうちょっと違ったんだぞ。少なくともリーダー気質じゃなかったな」

照れ隠しで頭を掻《か》いた。

和道《かずみち》やめぐみと一緒だったときの俺は、今と同じ内弁慶だったけどもっとおとなしかった。

変わったのは、あいつらが離れていってからだ。

あのときの俺は、親友がみんないなくなったと思ってしまって、本当に絶望した。

でも新太郎が戻ってきてくれて。青嵐っていう新しい友達とも出会って。

心の底から救われた。

それでも人間、いつかは離れ離れになるってことも、もう悟っていたからこそ。俺はそんな大事な親友たちと、できるだけ多くの思い出を残しておきたいって思うようになったんだ。

バカで青くて痛々しい、最高の黒歴史を。

そんな素敵な思い出をいっぱい作るために、誰よりも率先して騒ぐようになった。

そして高校に上がってからは、三人が五人になった。

そこに性別なんて関係ない。みんな大事な親友なんだから。

「……そうなんだよな……あのことがあったから、俺はまた新しい友達と出会って……」

それは自己確認の独り言だったんだけど、

「あのことって？」

朝霧さんの耳には届いていたらしく、射的の手を止めてこっちを見てきた。

……まあ黙ってる必要もないか。むしろ友達なんだし、聞いてもらいたいくらいだ。

俺は中学二年のときにあったこと、和道とめぐみのことを朝霧さんに話し始めた。


夜店の煌々《こうこう》とした灯《あか》りのなか、三人で歩きながら俺は全部を話した。

めぐみが好きだったこと。俺が厚顔無恥の大バカ野郎だったこと。全部を話した。

新太郎も朝霧さんも、無言で俺の話を聞いていたのは同じだったけど、それぞれ視線の向きは違っていた。ずっと足元を見ていた新太郎と、ずっと俺を見ていた朝霧さん。それぞれが抱いていた感情もきっと違う。

「そっか……グループのなかでカップルができちゃって……」

「そう。それで俺たち四人は一緒に遊ぶ機会が減っちゃってさ。そこからなんだよ。俺が友達といっぱいバカ騒ぎしておきたいって考えるようになったのは」

巾着袋をまさぐった朝霧さんが、射的屋で撃ち落とした景品のラムネを差し出してきた。

「食べる？」

やんわり断ると、朝霧さんは自分の口の中にそのラムネを放り込んで、

「んー……難しい問題だよね。グループのなかで付き合う二人が出てきたら、そりゃみんなが今までどおりってわけにはいかない。でも距離が近い分、好きになっちゃうのもわかる」

「あ、言っとくけど、牽制《けんせい》のつもりで話したわけじゃないからな？　好きになるのはしょうがないんだし、もちろん朝霧さんも新太郎も、俺たちの誰かと付き合ったっていいんだぞ？」

好きになるのはしょうがない。その相手が同じ仲良しグループにいたからって、諦めろだなんて言う権利は誰にもない。

だからそのときは仕方がない。そんなの当然のこと。

ただ俺自身は、やっぱり誰とも付き合う気がないってだけだ。とくにグループのなかでは。

「……好きになるのはしょうがない、か……」

久々に口を開いた新太郎が、殊勝な面持ちでそうつぶやいた。

そして俺に笑顔を向ける。

「じゃあもし僕がそうなったら、真っ先に純也《じゅんや》に言うことにするよ」

「おっ、なんだ新太郎？　まさかお前、俺たちのなかに好きな奴《やつ》でもいるのか？」

「ち、違うって！　もしそうなったらっていう仮定の話だよ！」

「ははっ、でもそのときはマジで遠慮すんなよ？」

朝霧さんも真剣な顔で頷《うなず》いてくれていた。

「あたしも……うん。もし好きな人ができたときは、ちゃんと古賀くんに報告するから」

「なんか気を遣わせちゃったみたいでごめんな。でもそう言ってもらえるだけで、俺は嬉《うれ》し」

「てか古賀くん、いっそあたしと付き合っちゃうか〜？」

いたずらっ子みたいに笑った朝霧さんが、いきなり俺の腕に自分の腕を絡《から》めてきた。

意外と発育のいいムネニクが、浴衣《ゆかた》の薄い布越しに密着して――――。

「～～～～～～～～～ッ!?」

顔から火が出そうになった。むしろ出たかもしれない。

「……なんか純也、顔赤くなってない？」

そりゃそうだろ。だって俺、朝霧さんに惹《ひ》かれてるんだぞ。

そんな相手に冗談とはいえ「付き合っちゃうか～？」なんて言われて腕まで組まれたら、誰でもわたわたするに決まってる。

「じょ、冗談がきついぞ、朝霧さん……」

俺は乱暴にならないように、そっと腕を離した。

朝霧さんが「ごめんごめん」と、屋台の灯《あか》りに負けないくらいまぶしい笑みを浮かべる。

「でもあたしも今は彼氏とかいいかな。もう少しだけ、この五人の時間を楽しみたいし」

もう少しだけ。

彼女はそう言った。

そこにはきっと、成嶋さんが青嵐に告白するまでって意味も入ってる。

成嶋さんは夏の計画が終わったあと――つまりみんなでホタルを見に行ったあと、青嵐に告白する。

青嵐は「付き合う気はない」って言ってたけど……俺たち五人の関係は、そのあとどうなってしまうんだろう。

「あ、青嵐から返信きたよ。成嶋さんと一緒に、あっちの橋の下にいるってさ」

スマホで連絡を取り合っていた新太郎が、人混みの向こうを指差した。

その二人は高架下の焼きそば屋の前にいた。

身長のでかい男子と、小柄なのに胸だけはやたらとでかい女子。

そんな青嵐と成嶋さんは、人混みのなかでもよく目立つ。

「わりぃわりぃ。夜店ばっか見てたら、いつの間にかはぐれてたわ」

青嵐は透明のフードパックに盛られた焼きそばをガツガツ食っていた。

その横にちょこんと立っている成嶋さんに近づいて、そっと耳打ちする。

「……成嶋さんが青嵐を連れ出したんだろ」

「……違うって。青嵐くんについて行ったのは確かだけど、本当にはぐれちゃっただけだよ」

まあなんでもいいんだけど。

朝霧さんがスマホで時間を確認した。

「ねえ、そろそろ花火が始まるよ。もっとよく見える場所に移動しよーぜっ！」

川に浮かぶ台船から、大輪の花火が次々と打ち上がる。

赤に青、黄色に緑。

夜空を彩《いろど》るさまざまな色の打ち上げ花火は、暗い水面にも鮮やかな光を落としていて。

川を行き交う納涼船のかがり火と混じり合い、それはそれは幻想的な光景だった。

「うあ～……めっちゃ綺麗《きれい》……なんかあたし、泣きそうなんだけど……」

「こりゃまた今年もすげーなあ。見にきた甲斐《かい》があったってもんだぜ」

「青嵐は夜店が目当てだったんでしょ」

「でもさ……本当に綺麗《きれい》だよね……ほんと来てよかったな……」

「ああ……」

俺たち五人は川に架かる大きな橋の上で横並びになって、夜空と水面を埋め尽くす光と音の芸術を楽しんでいた。

またひとつ、この五人の思い出が生まれたな。

そんなことを思いながら、次々と花火が打ち上がる夜空に目を向けていると。

ふと、俺の手がふんわりした温かいものに包まれた。

隣に立っている成嶋さんを見る。彼女も俺を横目で見つめていて、またいじめっ子の笑み。

そして俺にだけ聞こえるように、

「……さっきは本当にはぐれただけだからね」

ぼそりとそんなことを言ってくる。俺も同じくらいのトーンで返す。

「……そんなことより、なんで手、握ってんだよ」

離そうとしたんだけど、成嶋さんは指を絡《から》めてきて、恋人繋《つな》ぎになって。

「……ね？　これが火乃子《ひのこ》ちゃんだったらって思ったら、ドキドキしてこない？」

「……ま、またそれかよ。いいから離せって。みんなもいるんだぞ……」

俺たちは小声でそんなことを囁《ささや》き合う。

ほかの三人は次々と打ち上がる花火に目を奪われていて、俺たちがこっそり手を繋《つな》いでいることにも気づいていない。

まずい。最悪だ俺。ほんと最悪だ。

だって成嶋さんが言ったように、ドキドキしてる。

しかもそれは、この手が朝霧さんだったら――って考えたからじゃないんだ。

みんなに秘密で、女の子とこっそり手を繋《つな》いでいることに、ドキドキしてるんだ。

いつの日か、手のひらのアイスを舐《な》めたときに感じた、苦さと甘さ。

その味と似ている。

バレたらやばいっていう恐れのなかに、どういうわけか謎の高揚を感じてしまっている。

そんな最悪の背徳感が、俺の胸をじくじくと締め上げる。


「こんなに楽しい夏は初めて……ありがとう……——くん」

成嶋さんのか細い声は、花火の盛大な打ち上げ音と、周りの大歓声でかき消されてしまう。

ほんとに、なんなんだよ、こいつは……。

俺も一度だけ、成嶋さんの手を強く握り返した。

この夏が終わっても、彼女がグループから離れていってしまわないようにと願いを込めて。


だけどそれはやっぱり難しくて。

みんなに気づかれないうちに、やがて俺のほうから、そっと指を離していった。

友達を大事にしたい思いなんて、恋愛を大事にしたい想《おも》いの前には無力だったから。

力なく、そっと指が離れていった。

第八話　懊悩《おうのう》

その日も朝から学校で、もう日課になっているプールの補習を受けていた。

補習の内容はいたってシンプル。

一学期のプールを休みすぎた連中が集められて、体育教師の監視のもと、ひたすら泳がされるだけ。

こんな苦行を毎日やるはめになるなら、マジでちゃんと授業を受けてたらよかった。

「はあ……はあ……純也《じゅんや》はいま、何本目……？」

息も絶え絶えなスイムキャップ姿の新太郎《しんたろう》が、プールの端で話しかけてきた。

もちろん俺も同じような声で返す。

「はあ、はあ……い、今ので十五本目……あとまだ……半分も残ってる……」

二十五メートルを何本泳ぐかは、授業を休んだ日数と体育の成績によって決まる。

俺は毎日三十本。新太郎にいたっては、まさかの三十五本だ。マジで地獄。

学校のプールには八つのレーンがあって、その半分が男子で、もう半分が女子。

女子側のレーンに目を向けると、多くの女子たちに混じって、成嶋夜瑠《なるしまよる》が見事におぼつかないクロールをお披露目してるところだった。

……何回見てもめっちゃ下手だな。息継ぎもできてねーし。もはやあれ、溺れてるだろ。

ちなみに俺たち五人のなかで、補習組は俺と新太郎と成嶋さんの三人だけ。

あとの二人はスポーツ大好き人間だから、当然プールの授業も休まず出ていた。だから補習もなし。自業自得《じごうじとく》なんだけど、ほんと羨ましいわ。

「じゃあ……俺、もう次行くから。お前も……早く、こいよ……」

「え、ま、待ってよ、純也……」

そりゃ待ってやりたいけど、こんな苦行はさっさと終わらせて早く休みたい。

俺は新太郎を残して、成嶋さんよりもまだちょっとだけましなクロールを再開した。


今日のノルマを終えてプールサイドで休んでいると、新太郎もやっと上がってきた。

「だめだ……こんなのがあとまだ一週間以上も残ってるなんて、もう耐えられないよ……」

マジで同感。授業をサボって喜んでいた当時の自分をぶん殴ってやりたい。

「ふ、二人とも……お、お疲れさま……」

なんとか今日の分を泳ぎ切った成嶋さんも、こっちにやってきた。

本当に疲労困憊《ひろうこんぱい》って感じで、息が荒い。その凶悪な胸とスクール水着姿のコンボもあって、なんだか妙にエロかった。

「はあ……はあ……きょ、今日も一緒に……帰るよね？　こ、校門で……待ってて……」

ふらつく足取りで、プールをあとにしていく成嶋さん。

俺と同じくその後ろ姿に見惚《みと》れていた新太郎が言った。

「……何度見ても、成嶋さんって『すごい』よね……」

「……ああ」

親友同士、なにが『すごい』のかは、もちろん言わなくても通じ合っていた。


プールの補習がある日は、いつも校門で合流してから三人で帰る。

たとえ夏休み中でも学校には制服で行く決まりだから、三人とも制服姿だ。

「ホタルを見に行くあの計画、プールの補習がない日にして正解だったな。こんなに疲れてる状態じゃ、さすがにチャリを漕《こ》ぐ気にもなれんわ……」

「だから僕は最初からそう言ってたんだよ。純也はいつも遊ぶことしか考えてなさすぎなの」

「あはは……でも、ほんと楽しみだよね、ホタル……」

決行日は八月九日。

平日だけど、そこまでにはプールの補習期間も終わっている。

問題はその日でもまだ、ホタルが見られるかどうかってことだ。時期的にもういなくなっていてもおかしくないからな。頼むぞ神様。いや、ホタル様。

蟬《せみ》の合唱が轟《とどろ》く暑い日差しのなか、三人で駄弁《だべ》りながら田舎の県道をだらだらと歩く。

やがて電車組と別れるいつもの交差点に差し掛かった。

「じゃあな。また明日も補習がんばろうぜ」

「その……残りも、一緒に乗り切ろうね、田中《たなか》くん……」

同じアパートに住んでいる俺と成嶋さんが、新太郎にそう告げて踵《きびす》を返《かえ》した。

「あ、待って純也」

新太郎が呼び止めてきた。

「あ、あのさ。これから純也の家に行ってもいい、かな？」

「おう、いいぞ。むしろ来い来い」

「えっと……二人でなにかして、遊ぶの……？」

成嶋さんがもじもじしながら、期待に満ちた目でこっちを見ている。

これはあれか。誘ってほしいんだな。

「ああ、よかったら成嶋さんも――」

「待って待って！」

言いかけた俺を、新太郎が制してきた。

「その、やっぱりどこかメシでも行かない？　純也に相談があるっていうか……」

なんだよ。その相談って成嶋さんには聞かれたくないやつなのか。

「まあいいや。じゃあ駅前にでも行くか」

気を遣ってくれたのか、今度は成嶋さんも誘ってほしそうにはしなかった。

「じゃあ悪いけど、またな成嶋さん」

「うん。二人とも……ばいばい」

しっかりと気弱な笑みを浮かべる成嶋さんと別れて、俺と新太郎は駅方面に向かった。


ファミレスに入って、適当に昼メシを注文する。

あれだけ泳いだあとだから胃が受けつけないかと思ったけど、メニュー表を見ていたら腹が減ってくるんだから不思議だ。

「泳いだあとって、なんかカレー食いたくなるんだよな。お前にもやろうか？」

「僕はカレーが苦手だって知ってるだろ……ご飯がドロドロになってるの無理なんだって」

「はは。てか考えてみたら、新太郎と二人でメシってのも久々だよな」

「そうだね。中二からは、だいたい青嵐《せいらん》も一緒だったから」

それまでは、だいたい和道《かずみち》たちと一緒だった、ということはおたがい口に出さない。

「青嵐にも声かけてみるか？　たぶんあいつ暇してるぞ」

スマホを取り出した俺を、新太郎が止める。

「い、いいよいいよ。青嵐がいたら余計に言いづらいっていうか」

「ん？　ああ、そういやお前、俺に相談があるとか言ってたな」

「……うん」

新太郎がうつむいた。

「なんだよ。話しにくいことなのか？」

「……そうだね。すごく言いづらいことだよ」

こういうとき、俺は急《せ》かしたりしない。

新太郎は見た目以上に小心者だから、向こうから口を開くのを待ってやるんだ。

やがて注文したカレーとざるそばが運ばれてきたところで、新太郎はやっと切り出した。

「あのさ……純也は花火大会のとき言ってたよね。好きになるのはしょうがない、俺たちの誰かと付き合ったっていい……って」

「おう、言ったぞ？」

「その……僕はさ。純也と一番古い付き合いだし、純也がグループの関係をすごく大事にする奴《やつ》だってことも、一番よく知ってるつもりなんだ。だけど……」

なんだこの雰囲気。

これってたぶん……恋バナってやつだよな？

前にも軽くいじったけど、やっぱり新太郎は俺たちのなかに、好きな子がいるとか？

だとしたら、その相手はもちろん――朝霧《あさぎり》さんか。

俺も朝霧さんのことは好きだけど、この気持ちを表に出すつもりはない。

だから別に、新太郎が朝霧さんを好きになったところで、俺はちゃんと応援して――。


「僕、成嶋さんのことが好きかもしれない」


「そっちかよ!?」

思わず大声が出てしまった。

正直その可能性は、一ミリも考えてなかった。

「そ、そんなに意外かな。だって成嶋さんは健気《けなげ》で控えめで、すごく女の子っぽいし……まあほかにも理由はいろいろあるんだけど、とにかく魅力的な子だと思うけど……」

いやいや……それは猫かぶってるだけなんだって。

実際は性悪で口が悪くて、ちょっと乱暴で怖くて、しかも俺をいじめて喜ぶドSだぞ。

でもそんなの俺以外は知らないもんな。

確かにあいつ、顔だけ見ればめちゃくちゃかわいいし……まあ乳もすごいしな。

「花火大会のときにさ。誰か好きな人ができたら、ちゃんと純也に言うって約束したろ？　だからその……じつはずっと言いづらくて黙ってたんだけど、もう正直に話そうって……」

「そ、そうか」

でも成嶋さんは――。

「やっぱり青嵐のことが、好きなのかな」

俺の頭の中を覗《のぞ》き見たように、新太郎は当然その話に行き着く。

こいつはまだ確証をもってない――いや、たぶんもちたくないだけなんだろうけど、俺は成嶋さん本人からしっかり聞いてるんだ。

夏の計画が終わったら、青嵐に告白するって。

「なあ純也……やっぱり成嶋さんには、気持ちを伝えないほうがいいと思う……？」

「それは……」

いま新太郎が成嶋さんに告白したところで、うまくいかないのは目に見えている。

ふられてしまって、傷心のあまり、落ち込んでしまう様子が目に浮かぶ。

しかも成嶋さんがもしグループを離れていくことになったら、優しい新太郎はきっと「僕のせいだ」と言って、自分を激しく責めるだろう。新太郎が原因じゃないのに、だ。

だから俺は――。

「その……お前の気持ちもわかるんだけどさ。告白はその……ほら、あれだ。まだやめといたほうが、いいような……気がするな……」

——そんなことを口にしてしまう。

ずっとこっちを見つめていた新太郎は、やがてがっかりしたように目を落とした。

「……そうだよね。やっぱり僕なんかが告白したところで……無理だよね」

俺はなにも言えなかった。否定も肯定もできなかった。

ここで沈黙することが、新太郎を傷つけることになるってわかっていてもだ。

違うんだよ新太郎。本当は俺だって、大事な親友の背中を押してやりたいよ。

でも成嶋さんはこの夏、青嵐に告白するって決めてるから。

だからお前の告白は、うまくいかないって知ってるんだよ。それでも背中を押すなんて、そんなのできるわけないだろ……。

もちろん俺の口からは、当然そんなこと言えなくて。

俺も新太郎も押し黙ったまま、目の前に料理に一切手をつけられなかった。

本当に。なんで俺たちは。

たとえ相手が友達でも、恋をしてしまうんだろう。

そんなの今までどおりの友達関係じゃいられなくなるかもしれないのに。

だけど、そんなことはわかっていても、結局は恋をしてしまう。

それが大人になることだって言うのなら。

俺はやっぱり、子どものままでいい。

◇

「暇だなあ……」

古賀《こが》くんや田中くんと別れた私は、そんな独り言を漏らしていた。

ひとりでいるのはつまらない——これは前から知っていたことだけど。

友達と一緒にいるのは楽しい——これは前まで知らないことだった。

五人でたこ焼きパーティをしたり、アニメ観賞会をしたり。

水をかけあったり、浴衣《ゆかた》を買いに行ったり、花火大会にも行った。

その全部が私のなかで、とても大切な思い出になっている。

私に友達ができたこと自体が驚きなのに、それを楽しいって思える日までくるなんてね。

「ふふっ」

つい声を出して笑っちゃった。

今度みんなでホタルを見に行くこともすごく楽しみだ。

素敵な提案をしてくれた古賀くんには、本当に感謝してる。

あはは……最近ちょっといじめすぎちゃって、悪いとは思ってるんだけどね。

そうだ、古賀くんといったら、火乃子《ひのこ》ちゃんだ。

火乃子ちゃんは今、暇してるかな。

退屈というより、一人が寂しいと感じていた私は、スマホで連絡をとってみた。


「珍しいね～。夜瑠のほうから連絡くれるなんて」

「う、うん……忙しかった？」

「うんにゃ全然？　なにしよっかなーって思ってたとこ」

私は電車を乗り継いで、火乃子ちゃんの家に遊びにきた。

ここに来るのは、これで二回目。

初めてきたときは、まだ私が一人暮らしをする前で、無理やり連れてこられたんだっけ。

私と火乃子ちゃんは違う中学だったけど、降りる駅が同じで、実家も割と近かった。

それで学校の帰り道に「寄ってけよ～」って感じで強引にね。

元気でノリがよくて、フットワークが軽いところは、ちょっと古賀くんに似てると思う。

みんな気づいてるかわからないけど、じつは古賀くんが切り出す遊びの提案に真っ先に反応してるのは、青嵐くんでも田中くんでもなくて、火乃子ちゃんだったりする。

たこ焼きパーティのときも、ホタル計画の話が出たときもそうだった。

本当は大人っぽい子なのに、わざと子どもっぽく振る舞ってるみたいな感じ。

みんなとのバカ騒ぎを全力で楽しもうとしてるみたいな？　そんな印象を受けるんだ。

少し前、古賀くんに「二人はお似合いだと思うけど」って言ったのも嘘《うそ》じゃない。

本当にお似合いだと思う。

古賀くんと火乃子ちゃんが付き合ったら、絶対いいカップルになると思うんだけどな。

「コーヒーでいい？」

「うん……ありがと」

火乃子ちゃんがコーヒーを淹《い》れるために、一旦部屋から出て行った。

ドアの向こうから大きな声が聞こえてくる。

「え⁉　お兄ちゃん、あたしのケーキ食べちゃったの⁉」

「悪い悪い。また買っといてやるからさ」

……火乃子ちゃんにはお兄ちゃんがいるんだよね。仲良さそうでいいなあ。

じつは私は、もともと火乃子ちゃんと仲良くする気はなかった。

高校に入学して、同じクラスにいた大人っぽい青嵐くんを見たとき、「あ、私のタイプだ」

って思って。それで青嵐くんがいる古賀くんグループに近づいて。

青嵐くんと仲良くなる方法を考えていたところに、火乃子ちゃんは入ってきた。

「なーんか悪い男子三人組が、気弱な女子を連れ回してるように見えるんだけど？」

とか言って。

女子が増えたら、競争率が上がってしまうかもしれない。

そんなことを思ったから、私は火乃子ちゃんと仲良くする気にはなれなかったんだ。

自分でも嫌な女だなって思う。

それでも私は、恋愛を最優先に考えてしまう生き物だから。

だから初めてこの部屋に連れてこられたとき、私は牽制《けんせい》のつもりで言ったんだ。

「もし好きな人がかぶっても、私は女子との関係より迷わず男の子を取るタイプだから」

こう言うと、だいたいの女子は嫌な顔をする。自然と距離を置こうとする。

中学の時点でとっくに経験済みだ。

それでも火乃子ちゃんは、

「夜瑠は友情より恋愛派？　いいじゃん、堂々としてて。じゃあそのときはあたしと勝負だ」

からからと笑いながら、そう言ってくれた。

そのあと私が「そのうち青嵐くんに告白すると思う」って言ったら、「じゃあそれまでに、あたしが青嵐くんを好きになってたらごめんね」だって。

そんなことを言う女子には本当に会ったことがなくて、私はとても好感をもった。

だって嫌な顔をするどころか、私の考え方を受け入れてくれてさ。しかもそれを逆手にとって、ちょっとピリピリしてた私を和ませてくれたんだから。

面白くて嬉《うれ》しくて、吹き出しちゃった。

今では初めてできた親友だと思ってる。

私は友達付き合いが苦手だから、こっちから連絡することもほとんどなかったんだけど。

これからはもっと連絡を取り合っても、いいのかな。

そんなふうに考えられるようになったのは、やっぱりみんなのおかげだ。


「おまたせ〜」

トレイに二つのコーヒーを載せた火乃子ちゃんが、部屋に戻ってきた。

「ごめーん。ほんとはケーキあったんだけど、うちのバカ兄貴が勝手に食べちゃってさ」

「あはは……気にしなくていいよ」

それから私たちは、他愛のない話をして過ごした。

芸能ネタや動画ネタも織り交ぜつつ、やっぱりほとんどは私たち五人の話。

田中くんにまたアニメ観せてもらおうよ、とか、花火大会綺麗《きれい》だったね、とか。

「そうだ。花火大会で思い出したんだけどさ」

火乃子ちゃんが少しだけ真面目な顔に切り替えた。

「うん？」

「夜瑠はそのうち青嵐くんに告白するって言ってたよね。いつ頃とか決めてんの？」

そういえば、まだ火乃子ちゃんには伝えてなかったっけ。

「……みんなでホタルを見に行ったあと、タイミングを見て告白しようと思ってる」

前に古賀くんにも言ったけど、これが恋愛感情かどうかは、自分でもよくわかってない。

でも青嵐くんがタイプなのは間違いないんだ。私は大人の男が好きだから。

そして私は、そういう男となら恋ができると思っている。

ううん、執着してるって言ったほうがいいのかもしれない。

私はただ「あの人」の陰を追っているだけ。「あの恋」の断片を探しているだけ。

だから私が本当の恋を知るのは、たぶんもっと先。

きっと「あの人」のように大人びた男と付き合ってみて、いろんなことを経験したうえで、
やっとわかることなんだと思う。

そんな半端《はんぱ》な気持ちでグループの輪を乱そうとしているなんて、本当に悪いと思っている。

でも。それでも私は――――。

「あのね、夜瑠。告白するって話は、先に古賀くんにも伝えておいてあげられないかな」

「え？」

古賀くんにはもう話してあるけど。

それよりも私は、どうして今、その名前が出てくるのかが気になった。

「……あたしさ、花火大会のときに聞いちゃったんだ。なんか古賀くんってすごく友達を大事にしようとするじゃん？　そのきっかけになった話を聞いたの」

それから火乃子ちゃんが話してくれたことは、古賀くんが中学二年のときに巻き込まれた、どこにでもありそうな恋愛話。

グループ内にカップルができて、古賀くんが一人ぼっちになったっていう青臭い恋物語。

だけどその話は私にとって。

軽く聞き流せる類のものじゃなかった。

火乃子ちゃんの家を出たときには、もう夕方になっていた。

茜色《あかねいろ》に染まるはずの街並みは、どんよりした雲に覆われているせいで、ひどく薄暗い。

まるで私の気分を表しているみたいだった。

あの話のあと、火乃子ちゃんは言ってくれた。

「古賀くんも好きになるのはしょうがないって言ってたし、あたしも別に夜瑠の告白を止めるつもりで話したわけじゃないからね？　ただグループ内で告白するなら、一応古賀くんには先に教えてあげたほうがいいんじゃないかなって思っただけ。余計なお世話だったらごめん」

それは火乃子ちゃんの優しさだ。

でも。私はもう。


とてもじゃないけど、告白なんてできない。

あの話を聞いたあとでは、さすがにもう無理だ。


古賀くんは私と同じだって、わかってしまったから。


彼女を作る気がないっていうのは、ただ女子に免疫がないだけだと思ってた。

だから私は古賀くんをからかいながら、なんとか女子に慣れさせようとしていた。自分はまだ本物の恋を知らないくせに、「彼女を作ることの良さを教えてあげる」なんて偉そうなことまで言って、とにかく女子に慣れさせようとしていた。

だけどそうじゃなかった。女子の免疫とかは関係なかったんだ。

古賀くんは私と同じような経験をしていて、そのうえで私とは違う形の答えに辿《たど》り着《つ》いただけだったんだ。

その答えが、恋愛よりも友達を大事にする、ということ。

私はそんな彼の前で「グループの関係なんて知ったことじゃない」と何度も告げてきた。

実際、私は少し前まで、本当にグループなんてどうでもよかった。青嵐くんに告白したあとは、うまくいくにしろ、いかないにしろ、さっさと抜けるつもりだったから。

どうせ友達なんて、一人でいるのが嫌だから群れてるだけ。そんなに群れたいなら、誰かがいなくなっても、また別の人間を補充したらいい。たったそれだけのことなのに、古賀くんはなにをそんなにこだわっているんだろう。

そう思っていた。

だけど古賀くんにとっての友達は、そんな単純な存在じゃなかった。自分を孤独から救ってくれた、本当に大切な心の拠《よ》り所《どころ》だったんだ。

私には今まで友達自体がいなかったけど、それでもよく知っている。

誰かの恋で、自分の心の拠《よ》り所《どころ》が砕かれる寂寥《せきりよう》感なら、誰よりもよく知っている。

それなのに私は。まだこれが恋かどうかわからないなんていう半端《はんぱ》な気持ちで。

私と同じだった古賀くんから、彼の心の拠《よ》り所《どころ》をひとつ奪おうとしていた。

火乃子ちゃんの話で、すべてを悟った私は。

「……うっ……うえ」

自分に対する嫌悪《けんお》感で、吐き気が込み上げてきた。

ごめん古賀くん……本当にごめんなさい……。

電柱に手をついて、口を押さえる。

私は――――なんて汚い女なんだろう。

だって私がこれまで浴びせてきた心ない言葉の数々が、古賀くんをどれだけ不安にさせていたのか、今さらながら気づいたのに。

そのときの古賀くんの気持ちを想像するだけで、こうして吐きそうになっているのに。

それでも私はまだ、未練がましくも、あのグループに残りたいって思ってしまっている。

青嵐くんがいるからじゃない。もちろん彼のことは好きだけど、私が思う『恋』に発展することは、きっともうない。

だから今の私は、青嵐くんを含めたみんなで一緒にいたいんだ。

恋愛とか打算とか、そういうのは全部抜きにして、もうただの仲良し五人組でいいんだ。

初めてできた親友の火乃子ちゃん。みんなを盛り上げるのが上手な青嵐くん。少し後ろからそれを見守ってる控えめな田中くん。

そして――私と同じで、昔一人ぼっちになってしまったことがある古賀くん。

グループの関係が変わることを誰よりも恐れていたはずなのに、それでも彼は身勝手な私を否定せず受け入れてくれた。それればかりか、こんな私でも「友達だ」って言ってくれた。

あのときかけてくれた優しい言葉の数々は、きっと生涯忘れない。

……私はまだ、みんなと一緒にいてもいいのかな。

……こんなにも身勝手で薄汚い女が、優しくて綺麗《きれい》なみんなと一緒にいてもいいのかな。

結論が出せないいまま、駅についたときだった。


「あれ？　お前もしかして、夜瑠じゃね？」


駅前にたむろしていたガラの悪そうな男たちが、こっちを見ていた。

ここは私の地元で、「顔見知り」に会う可能性はもちろんあったのに。

だけど、それでも。

なんてタイミングなんだろう。

だってこいつらの顔を見てしまったら、ますます思い知らされてしまう。

やっぱり私と古賀くんたちは、最初から住む世界が違うんだって。

正面にいた三十歳くらいのバズカットの男（名前はマサシ。漢字は知らない）が、気安く私の肩に腕を回してきた。

「久々じゃんか。最近連絡つかなかったから心配してたんだぜ？」

「そうは見えないけど」

「ははっ、冷てーとこは相変わらずだな。ところで最近、金回りはどうよ？　またお前にいいバイトの話があんだけど」

結論はあっさりと出た。

やっぱり私みたいな女は、古賀くんたちのグループにいないほうがいい。

私はマサシのバイトの話とやらに、耳を傾けることにした。

そもそも私に拒否権なんてないんだから。

私はマサシたちに出会ってしまった中学三年の時点で、もう陽の当たる場所にはいけない運命だったらしい。

……ううん、違うな。

私の人生が分岐したのは、それよりもっと前。

まだ小学生だったとき、『恋』の魔性に魅入られてしまった私は。

自分の意思で、みんなとは違う狂った世界に足を踏み入れたんだ――。

第九話　姉妹

私の家は父子家庭っていうやつだった。

家族は私とパパ、それから九歳離れた姉の三人。

昔の私は本当に内向的で引っ込み思案で、小学校では話す相手すらいなかった。

でも全然寂しいなんて思わなかった。姉がその穴を埋めてくれていたからだ。

九歳も年上の姉は、私にとって母親のような存在。

いつも仕事で帰りが深夜になるパパに代わって、料理をしてくれたり洗濯をしてくれたり。

そしてなにより、たくさん遊んでくれた。

小学一年のときは、パパの代理で運動会の応援に駆けつけてくれて。

「夜瑠《よる》ぅーっ！　お姉ちゃんが見にきたからねーっ！　ほら、がんばれがんばれーっ！」

かけっこでビリだった私に、恥ずかしくなるくらいの声援を送ってくれたっけ。

小学二年のときは、風邪で寝込んでいた私のベッドに潜り込んできて。

「風邪は人にうつしたら治るって俗説があるの。もちろん医学的根拠なんてなにもないんだけど、それで夜瑠がラクになるなら、いくらでもお姉ちゃんにうつしなさい。ね？」

私が寝付くまで、ずっと同じ布団《ふとん》の中で頭を撫《な》で続けてくれたんだ。

面倒見がよくて優しくて、とてもかっこいい自慢のお姉ちゃん。

私はそんな姉が大好きで、本当によく懐《なつ》いていた。

ただ私が小学三年になると、九歳も上の姉は大学受験を控えた高校三年になって。

「ごめんね、夜瑠。今日は一人で遊んでてくれない？　ゲーム貸してあげるから」

こんな感じで、あまり遊べなくなってしまう。

私は学校でも家でも、一人で過ごす時間のほうが多くなっていた。

そんな私を心配してくれたのか、ある日パパが私に家庭教師をつけてくれた。

正確に言うと、家庭教師っていうよりも、私の遊び相手かな。

同じ市営住宅に住んでいた大学生で、うちと家族ぐるみの付き合いがあった家の長男だ。

名前は俊之《としゆき》さん。

私も物心ついたときから知っている、近所のおにいちゃん。

自分的には「俊之にいちゃん」って呼んでるつもりだったんだけど、もっと小さくて舌足らずだった頃の私の発音は、「トッチにいちゃん」だったらしい。

その名残で私はいくつになっても「トッチにいちゃん」で通していたし、姉も面白がってそう呼んでいた。

「今日からおじさんやお姉さんの代わりに、俺が夜瑠ちゃんの面倒を見ることになったから。勉強も教えるけど、まあ近所のおにいさんがたまに遊びにくるって思ってくれたらいいよ」

トッチにいちゃんはその言葉どおり、パパや姉に代わってたくさん遊んでくれた。

一緒にトランプをやったり、すごろくをやったり。

ままごとにも付き合ってくれたし、ゲームもよくやった。

たまに勉強をさせられることもあったけど、私は全然嫌じゃなかった。

だってトッチにいちゃんがうちに来るようになってからは、

「……なんかトッチにいちゃん一人に、夜瑠の面倒を見させるのも悪いなあ」

「じゃあお姉ちゃんも一緒に遊ぼ！　三人で遊ぼ！　だめ？」

「そりゃ私も夜瑠と遊びたいけど……ま、いっか。でもちょっとだけだからね？」

「やったあ！」

姉も受験勉強の合間を縫って、なるべく一緒に遊んでくれるようになったんだ。


「──こうして精霊さんたちは、大地に還《かえ》っていきました。めでたしめでたし」

「トッチにいちゃん。夜瑠はもう小三だよ？　絵本を読んであげるような子どもじゃ……」

「え、そうかな？　退屈だったかい、夜瑠ちゃん？」

「ううん。私は楽しいよ。精霊さんたち、すごく綺麗《きれい》だね！　私も会ってみたいな！」

私、トッチにいちゃん、そして姉。

その三人で過ごす時間がなによりも楽しくて、幸せで。

ずっと続けばいいのになって思ってた。

同い年の友達はできないままだったけれど、まったく気にならなかったくらい。

私は学校にいるときもずっと、早く家に帰って姉たちと遊びたいなって考えていた。


月日は流れて、小学五年生になる。

その頃になると、私に話しかけてくれるクラスメイトたちも、ちらほら現れ始めた。

そのまま女子グループの輪に入れてもらう形になったんだけど、私は相変わらず内向的だったんで、輪の端っこで弱々しく笑ってるだけ。

話を振られたときにはがんばって返すんだけど、ここで少々困ったことに気づく。

「え？　なにそのアニメ？」

「そ、その……昔の深夜アニメだよ。あの、と、当時流行《はや》ったセカイ系ってやつで……」

「しずにゃんチャンネル？　なにそれ？」

「あ、え、えっと……物申す系の配信者で……その、ハクスラの実況とかも……」

クラスの女子たちと、微妙に話が合わないいんだ。

それも当然だった。

私は九歳離れた姉と、十歳離れたトッチにいちゃんとしか遊んでこなかったんだから。

この時点で姉は大学二年生。トッチにいちゃんは大学三年生。

いつの頃からか、姉とトッチにいちゃんが私に合わせた遊びをするっていうより、私が二人の遊びに合わせるような形になっていた。

それ自体は全然よかった。むしろ私自身も楽しんでいたから。

大人の二人と見るアニメや動画は、どれもカッコ良くて刺激的で、本当に面白かった。

その一方で、同い年の女の子たちが喜んで見ているアニメとか動画は、全部子どもっぽく見えてしまっていたんだ。

みんなのオススメだから一応チェックしてみるけど、いまいちハマれない。

休み時間に誘われるドッジボールとかタカ鬼だって、なんだか楽しくない。

そんなことよりも、最近姉たちがハマり出したギターやベースの練習に付き合ってるほうが何倍も楽しい。

二人とアンプやエフェクターの話をしたり、ダーツやビリヤードに連れて行ってもらったりしてるほうが、ずっと刺激的で面白い。

だから私は一応学校ではグループにいたけど、心はやっぱり孤立していて。

相変わらず、早く帰って姉たちと遊ぶことだけを心待ちにしていた。


トッチにいちゃんは毎日家に来るわけじゃない。

だいたい週四くらい。同じ市営住宅に住んでるから、大学の帰りにたまにうちにも立ち寄ってくれるような感じだった。

それ以外の日は、やっぱり姉と二人で遊んでいたんだけど。

「ねえねえ、お姉ちゃん。ビューラーってやつの使い方、教えてくれない？」

「……今忙しいから、そのうちね」

いつの頃からか、なぜか姉は妙に冷たくなり始めていた。

話しかけてもそっけなくて、遊ぼうって駄々をこねても「またあとで」。

そんな姉が私を構ってくれるのは、トッチにいちゃんと一緒にいるときだけだった。

トッチにいちゃんが家に来てくれたら、こっちから誘わなくても、姉は自分のほうから顔を出してくる。そして三人で仲良く遊べる。

だから私は、トッチにいちゃんが毎日来てくれたらいいのにな、なんて考えていた。

優しかった姉が、冷たくなり始めた理由。

それはもう少しあとで知ることになる。


私が部屋で勉強を見てもらってる時間だけは、さすがに姉も遠慮して入ってこない。

そしてトッチにいちゃんからその誘いを受けたのも、姉のいないところでだった。

「なあ夜瑠ちゃん。今度の日曜日、遊園地に行かないか？」

ある日、部屋で問題集を解いてたら、突然そう言われたんだ。

「え、いいの⁉」

この前のテストでいい点数を取ったご褒美《ほうび》かな。

単純に喜んでいた私は、トッチにいちゃんの次の発言で頭が真っ白になる。

「うん。夜瑠ちゃんと二人で、デートってことで」

デート。

その単語の意味は、小学五年の女子なら誰でも知っている。

しばらくなにも言えず、ぽかんと口を開けていた私は。

「——……ふふっ」

自分でもびっくりするほどの大人びた声で、笑っていた。

「いいよ。トッチにいちゃんがデートしたいなら、行ってあげる」

相手はもう二十歳を超えた大学三年生の大人の男で。

私はまだ十歳の子ども。

だから当然、本気じゃないってことくらいわかっていた。トッチにいちゃんにとって私は、昔から知っている近所の子ども。ただそれだけ。

そんなの十分にわかっていたんだけど、このときの私は、大人の男性からデートを申し込まれたってことに舞い上がっていたんだ。

もしかしてトッチにいちゃんは、ちょっとくらい本気だったりして。ふふ。

そんなことを考えなければ、私の人生はもっと違うものになっていたのかもしれない。

だけど当時の私は夢見る少女のように、ただ胸をときめかせていただけの、バカだった。


トッチにいちゃんと二人きりの遊園地デートは、すっごく楽しかった。

私も姉のメイク道具をこっそり借りて、グロスやファンデーションを塗ってみたりして。

観覧車やメリーゴーランド、ジェットコースターとかのアトラクションを次々に回った。

移動中はこっちから腕を組みにいったりもした。だって手を繋《つな》ぐだけだと、ただの兄妹《きょうだい》っぽくなってしまいそうだったから。

ベンチで休憩するときも、トッチにいちゃんは私が座る場所にハンカチを広げてくれる。

やっぱり同級生の男子なんて、みんな子どもだ。同級生の女子たちも、こんなエスコートをしてくれる大人の男とデートなんて、誰もしたことがないだろう。

そんな優越感に浸っているうちに、夢のような時間は終わりを告げる。

「じゃあ夜瑠ちゃん、そろそろ帰ろっか」

本当はもっと遅くまで遊んでいたいけど、わがまま言う女は子どもだって思われるからね。

頷《うなず》いた私は、トッチにいちゃんと腕を組んだまま、夕陽《ゆうひ》に染まる遊園地をあとにする。

ふと、トッチにいちゃんが寂しそうな顔でつぶやいた。

「今日は付き合ってくれてありがとう。最後にいい思い出ができたよ」

最後？　なにが？

首を傾《かし》げる私を見て、トッチにいちゃんは続けた。

「もうおじさんにも話してあるんだけど、今日で家庭教師は終わりなんだ。俺も夜瑠ちゃんの面倒を見るのが楽しかったから、少し寂しいんだけどね」

……そっか。最後って、そういうことか。

トッチにいちゃんはもう大学三年生だし、就活とかでいろいろ忙しいもんね。

忙しいのに、これまで私を構ってくれてありがとう。

そう思った私は、ちゃんと大人の対応を見せようとしたんだけど。

子どもらしく、すごく泣いた。


こうして家庭教師は突然終わって、トッチにいちゃんは家にもこなくなった。


確か遊園地デートから十日も経《た》ってなかったと思う。

その日の私は朝から気分が優れなくて、昼前に学校を早退して帰ってきた。

家のドアを開けたら、玄関に靴が二足あった。

片方は姉のパンプスで、もう片方は男物のハイカット。

——え、まさか、トッチにいちゃん？

そのハイカットは間違いなく、トッチにいちゃんが普段から履いていたやつだった。

もう家庭教師は終わりだって言われたのに、なんでまたうちに来てるの⁉　もしかして私に会いにきてくれたとか⁉

だったらすごく嬉《うれ》しいよ！

喜んだ私は、すぐさま妙な声を聞く。

玄関のすぐ右が私の部屋で、その向かいが姉の部屋なんだけど。

その妙な声は、姉の部屋のほうから聞こえていた。

「――待って。いまドアが開く音しなかった？　夜瑠ちゃんが帰ってきたんじゃないか？」

「――気のせいだって。まだ学校なんだから。それよりこっちに集中してよ」

トッチにいちゃんとお姉ちゃんが一緒にいる。別にそれ自体は不思議じゃない。

ただ。

いつもの二人の声じゃない。

いつもみたいに、笑い合って話している声じゃない。

時折おかしな声を出していて、なにか軋《きし》むような音も聞こえていた。

ぎっぎっぎっぎっぎっ――あ――ぁ――ぎっぎっぎっぎ――ん――んんっ――。

二人はなにをしてるんだろう。

そう思った私は、姉の部屋のドアをそっと開けて――――覗《のぞ》いてしまった。

「～～～～～～～ッッッ⁉」

それはいくら早熟でも、小学五年の女子にはまだ早すぎる光景。

決して人に見せるものじゃない、世界で二人だけのブラックボックス。

そんなものを見てしまった私は、ただただ驚いて、怖くって、叫び散らしていた。

とにかく大声で叫んだもんだから、もちろん二人にも気づかれてしまって。

姉がすごく怒って、トッチにいちゃんがそれをなだめて。

私は大声で泣き喚《わめ》きながら、自分の部屋に逃げ込んだ。

やがて部屋の隅でうずくまっていた私のところに、トッチにいちゃんが来てくれた。

「……その……まずはごめん。お姉さんなら、ひとまず落ち着かせたから。夜瑠ちゃんとは俺が話すってことで、今は外に行ってもらってる」

私は満足にその顔を見られなかったけど、トッチにいちゃんが慎重に言葉を選んでる感じだったのは伝わってきた。

「あのね、夜瑠ちゃん。黙っていたんだけど、俺たちは半年くらい前からその……付き合ってたんだ。恋人ってやつなんだよ。俺とお姉さんは」

ほかにもいろいろ言われたけれど、私はさっきの光景がショックすぎて、ずっと心臓がドキドキしっぱなしで、わけもわからず涙がたくさん出てきて。

ほとんど耳に入っていなかった。

……とにかく二人が恋人同士だったのはわかった。

きっと家庭教師を辞めたことだって、お姉ちゃんと遊ぶ時間を増やしたかったからなんだ。

だって忙しくなるって理由で辞めたはずなのに、今日はうちに来てるもん。

私だってトッチにいちゃんに会いたかったのに。

……しばらくはちょっと遠慮したいけど。

「だからその、俺たちが真面目に交際してるってことだけは、わかってほしいんだ……ほんとにごめんね……」

トッチにいちゃんは最後にそれだけ言って、肩を落としたまま部屋を出て行こうとした。

だめだ。ここでお祝いの言葉を言えないようじゃ、本当にただの子どもになってしまう。

「待って」

呼び止めた私は、しっかり涙を拭って、トッチにいちゃんに笑顔を見せてあげた。

「おめでとう。二人が付き合ってるって知って、私もすごく嬉《うれ》しい」

そりゃあ、さっき見たものはショックだったけどさ。

二人が恋人だったこと自体は、喜ぶべきなんだ。

だって家庭教師が終わってもまだ、トッチにいちゃんはうちに来てくれるってことだから。

お姉ちゃんもトッチにいちゃんがいるときは、私に優しくしてくれる。普通に話してくれるし、遊んでくれる。

だから二人が恋人になってくれたなら、私も幸せ。

もちろんお姉ちゃんもトッチにいちゃんも、デートとかで忙しいだろうけどさ。

たまにでいいから、また三人で遊んでもいいんだよね？

祝福の言葉は、姉にも伝えなきゃいけない。

私はトッチにいちゃんが帰ったあと、姉の部屋に行った。

「お姉ちゃん、今いい？」

ベッドでスマホをいじっていた姉は相変わらずそっけなくて、振り向きもせずに言う。

「……さっきのことなら、謝らないわよ。むしろ勝手に覗《のぞ》いたあんたが悪いんだし」

「わ、わかってるよ……ごめんなさい」

あれはもう思い出したくもないけれど、姉が怒っていたんで、私はぺこりと頭を下げた。

そのうえで、ちゃんと伝える。

「トッチにいちゃんと付き合ってたんだってね。えっと、その……おめでとう」

ため息をついた姉は、そこでやっと私を見た。

「……そうよ。半年くらい前からね」

「う、うん。全然気づかなかったよ」

「一応あんたの家庭教師だったし、パパからも言う必要はないって釘《くぎ》を刺されてたから」

「あは、別にそんなの気にしなくていいのに。私も二人が恋人になってくれて嬉《うれ》し」

「だからもうあの人には近づかないで」

え？

一瞬なにを言われたのか、わからなかった。

そしてどうやらそのときの私の顔は、ひどく怯《おび》えていたらしい。

「またその顔……そうやってうじうじしてたら、周りの気を引けるって思ってるでしょ。男はみんな甘いけど、私はそうはいかないから」

内向的なのはもともとで、別に周りの気を引こうだなんて考えてない。

でもそんなことよりも、まずは姉の真意を聞くほうが先だった。

「え、えっと、その……あの人には近づかないでって、どういう……？」

「だから。言葉通りよ。もう俊之さんには近づかないでほしいの」

俊之さん＝トッチにいちゃん。

姉も私と同じで「トッチにいちゃん」って呼び方だったのに、いつの間にか「俊之さん」って呼ぶようになっていたらしい。

改めて二人は恋人同士になったんだなって思わされた。

もしかすると姉は、あえてそれを強調したかったのかもしれない。

だけどもうトッチにいちゃんに近づくなっていうのは、意味がわからない。

考えているうちに、姉はこんなことを言ってきた。

「あんたさ。俊之さんと二人で遊園地に行ったとき、デート気分だったでしょ。腕を組んだりしたんだって？」

「え、そ、それは……」

「まあ子ども相手にデートって単語を使った俊之さんも、どうかとは思うけどさ。そこは勘違いしないでほしいの。小五の夜瑠に、俊之さんが本気になるわけないじゃない」

当たり前だ。そんなのわかってる。

私はただ、大人の男からデートしようって言われたことに、浮かれていただけで……。

「それなのにあんた、勝手に私の化粧品とか使ったでしょ？　そりゃ恋する人とのデートなんだから気持ちはわからなくもないけどね。でも小五のあんたが、大学生相手にそこまで――」

恋する人とのデート？

私はトッチにいちゃんに、恋を、していた……？

ううん、違うよ！　そうじゃない！

もちろんトッチにいちゃんのことは好きだけど、それはお姉ちゃんに対する気持ちと同じなんだよ。

だからこの『好き』は、『恋』じゃない。

私は三人がいいんだよ。

お姉ちゃん、トッチにいちゃん、それから私。

この三人でいたいんだよ。

だから私はトッチにいちゃんに恋なんてするはずがないし、二人が付き合ってることは心から祝福できるんだよ。

私は絶対に二人の邪魔なんてしないから。

たまに私もそこに混ぜてくれるだけでいいから。

だからさ。お願いだから。

もうトッチにいちゃんには近づくな、なんて悲しいこと言わないでよ。

どうして最近のお姉ちゃんは、トッチにいちゃんが絡《から》むと、こんな感じになっちゃうの？

昔はあんなに優しかったのに、なんで……？

私が涙をこらえていると、姉はとんでもない一言を放った。

「ほんと家庭教師を辞めさせて正解だったわ」

……………どういうこと？

家庭教師を『辞めさせた』って…………え？

「……もしかして、お姉ちゃんが言ったの？　もう家庭教師は終わりにしてほしいって……」

「そうよ。あんたは相変わらず学校に友達いないみたいだし、いつも九歳以上も年上の私たちとばっかりいるでしょ。それっていろいろ悪影響が出るんじゃないかと思ってね。小五のくせに男に色目を使い始めるとか、まさにいい例じゃない。そんな早熟なあんたに、まさかあんな場面を見られるとか本当に恐ろし」

「なんでよッッ⁉」

　私は生まれて初めて、大声を出していた。

「なんで⁉　なんでそんな勝手なことするの⁉　私からトッチにいちゃんを取り上げるようなことして！　なんで⁉」

　姉も同じように返してくる。

「じゃあ正直に言ってやるわ！　最近のあんたが怖いからよ！　階段飛ばしでどんどん大人びて、色気付いていくあんたが怖いの！　もしあんたが俊之さん相手に変な気でも起こしたらって考えると、おぞましいの！　不気味なの！」

「変な気でもってなに⁉　私がトッチにいちゃんにアプローチかけるってこと⁉　あはっ、それともさっきのお姉ちゃんたちみたいに、えっちなことしたりとか――」

　乾いた音が轟《とどろ》いた。

　続いて頬が熱を帯びて、じんじんと痛んでくる。

　どうやら私は、姉に頬を張られたらしい。これも生まれて初めてのことだった。

「そういうところが不気味だって言ってんのよ……！　あんたはまだ十歳なのよ……⁉」

「……その十歳の私に、大人のことをいろいろ教えてくれたのは、誰なの」

「だ、だからそれは、あんたに友達がいなかったから……！　いつも私と俊之さんのデートにくっついてくるもんだから……！」

　――ああ、そういうことか。

　私はやっと理解した。

　二人は半年くらい前から付き合っていたそうだけど、きっとその前から、おたがい好き同士だったんだ。だから勉強中のときは別として、私とトッチにいちゃんが遊んでるときは、必ずお姉ちゃんも入ってきていた。

　最初は二人とも、私に合わせた遊びをしてくれていたけど、いつしか自分たちも楽めるような遊びをするようになっていって。

　私と同い年の子は見ないようなアニメや動画を一緒に見たり。大人のファッション誌を回し読みしたり。ギターやベースを始めたのも一緒で、ダーツやビリヤードにもよく連れて行ってもらった。大人のお客さんしか来ないような、オシャレなカフェにもよく行った。

　それは全部、ほかに遊び相手のいなかった私が、いつも二人にくっついて回っていたからだったんだ。

「……俊之さんも家庭教師を辞めたことだし、私たちは近々ここを出て、同棲《どうせい》することになってるの。もう私たちとは遊べなくなるから、あんたもさっさと同い年の友達を作りなさい」

　二人がいなくなる……？　私とはもう遊べなくなる……？

　待って。急にそれは――あんまりじゃないのか。

同い年の子がやらないこと、知らないことを、たくさんたくさん教えてもらって。

もうクラスメイトたちは、みんな子どもにしか見えないっていうのに。

それでも二人は、私の前からいなくなるって？

二十歳以上の人としか話が合わない私に、今さら十歳のクラスメイトと仲良くしろって？

もちろん今まで友達を作ってこなかった私が悪いんだけど……私が悪いんだけどさ……！

「ま、待ってよお姉ちゃん！」

私は必死で姉にすがりついた。離れたくないという、ありったけの願いを込めて。

「また三人で遊ぼうよ！　トッチにいちゃんと同棲《どうせい》するなら、私がそっちまで遊びに行くからさ！　ほ、ほんと、た、たまにでいいから、また遊んでよ！　ね？　ね⁉」

「だから遊ばないって言ってんでしょッ！」

それでも姉は、圧倒的な怒号で私を突き放す。

「同棲《どうせい》するのだって、あんたから俊之さんを引き離すためだってわからない⁉　勝手に連絡を取ったり、こっそり会ったりもしないで！　あんたには悪いけど、もう本当にあの人にだけは近づいてほしくないの！　私からあの人を取らないでほしいのよッ！」

姉の双眸《そうぼう》には恐ろしく醜い、怪物のような感情が宿っていた。

その怪物の名前を、私はすぐに理解する。

これは――――嫉妬だ。

姉は私に、嫉妬しているんだ。

トッチにいちゃんに勉強を教えてもらっているときは、いつも部屋で二人きりだった私に。

そんな二人で遊園地デートをして、こっそり化粧もして、腕まで組んで歩いたりした私に。

実の姉からそんな醜い感情をぶつけられた私は、怖くて。とても怖くなって。

「あ、あう……あ……ああ……わ、わああああああああッ！」

悲鳴をあげながら、自分の部屋に逃げ帰っていた。


その後すぐ、姉は宣言どおり、トッチにいちゃんと二人で市営住宅を出ていった。

姉が決めたという二人の同棲《どうせい》先は、子どもの私じゃ行けないくらい遠い場所だった。


姉たち二人が、私の前から完全に消えた日の夜。

私は部屋のベッドで、一人うずくまっていた。

引っ越し間際《まぎわ》、安堵《あんど》しきっていた姉の顔を見たら、ますます思い知らされてしまった。

姉は本気で私に嫉妬していて、本気でトッチにいちゃんから引き離したかったんだって。

私がトッチにいちゃんに恋をしている？

私がトッチにいちゃん相手に変な気を起こす？

そんなこと、あるはずがないのに。

いくら私が同級生よりも、多少は大人びた感覚をもっていたとしてもさ。

私は十歳で、トッチにいちゃんは二十歳なんだよ？

そこに本気の恋愛感情なんて、生まれるはずがない。嫉妬するほうがどうかしてるんだ。

じゃあどうして姉は、それがわからないほど周りが見えなくなっていたのか。

答えは単純明快。


姉がトッチにいちゃんに、本気で『恋』をしていたからだ。


私の姉は国立大学に一発合格した賢い人。

面倒見がよくて優しくて、とてもかっこいい自慢のお姉ちゃん。

そんな姉でも『恋』が絡《から》むと平常心を失って、ただの愚かな女に変貌してしまう。

その結果、私なんかに、嫉妬したんだ。

家族に。たった一人の妹に。たかだか十歳の女なんかに、嫉妬したんだ。

私が二人をどれだけ心の拠《よ》り所《どころ》にしていたのかも、きっと理解していたはずなのに。

それでも私に手をあげて、男を引き離したいからなんて嘘《うそ》みたいな理由で、私の前から二人で消えるという信じられない選択をしてしまう。

それは冗談みたいな、本当の話。

他人が聞いたら抱腹絶倒は確実な、滑稽で愚かすぎる三流以下の恋愛逃避行。

——あの人にだけは近づいてほしくないの！　私からあの人を取らないでほしいのよッ！

凛々《りり》しい姉に言われたそのあまりにもバカで真剣な言葉が、反芻《はんすう》される。

「ふふ……ふふふ。あはははははは————なにそれ？」

あまりにもバカバカしくて、憎しみすら湧いてくる。

姉に対してじゃない。

私を本当に一人ぼっちにさせた『恋』という未知の感情そのものにだ。

「返してよ……私の憧れだった大人のお姉ちゃんを返せよ……っ！」

私は『恋』というものを激しく憎悪《ぞうお》すると同時に。

「……恋って、一体なんなの」

あの聡明《そうめい》だった姉をおかしくさせてしまうほど、強い魔性と毒性のあるそれが。

「……そんなにも、すごいものなの」

途轍《とてつ》もなく甘美で、官能的で、おぞましくも魅惑的な果実のように思えてしまい。

「私も…………たい……」

憧れのひと言では到底片付けられないほど――。

「私も、してみたい……どうしても……知りたい……ッッ！」

――私は『恋』を激しく渇望《かつぼう》していた。

足の付け根に違和感を覚えて、指で触れてみる。

最近ずっと体調が変だった私は、奇《く》しくも恋を求めたその瞬間、女の体になっていた。

姉たちが消えて一人置き去りにされた私は、恋を強く激しく、狂おしく欲《ほっ》したまま。

やがて周りと比べて明らかにおかしい中学生になる。

第十話　五人

最近の成嶋《なるしま》さんは、ずっとプールの補習をサボっていた。

それだけならまだしも、みんなで遊ぼうって誘っても、スマホに返信がないんだよ。

五人のグループチャットで適当な雑談をしているときも、成嶋さんだけは見事に既読無視。

個人宛にメッセージを送っても、やっぱり既読がつくだけで完全にスルー。

理由はさっぱりだけど、どうやら俺たちを避け始めたことだけは間違いなかった。

そんな意味不明な状況が、もう一週間くらい続いている……。

「なあ朝霧《あさぎり》さん。ほんとになにも聞いてないか？」

「うん、なにも……そっちこそ隣に住んでるんだから、心当たりとかないの？」

「それがまったく……」

今日はプールの補習の最終日。

その苦行がやっと終わったあと、こうしてみんなでファミレスに集まったんだけど。

やっぱりそこに成嶋さんの姿はなかった。

「青嵐《せいらん》がなんかしたんじゃないの？」

新太郎《しんたろう》がとっくに氷も溶けてぬるくなったソーダを啜《すす》りながら、青嵐を軽く睨《にら》む。

じつは俺も、青嵐絡《がら》みじゃないかって少しは疑ったんだよな。

成嶋さんはもう青嵐に告白して散ったから、俺たちと距離をとり始めたんじゃないかって。

「いや、俺もマジで知らねーって」

でもやっぱりそれも違うっぽい。

そもそも成嶋さん、ホタル計画までは告白しないって言ってたしな……。

「てかお前らこそ、プールの補習でよく会ってたんだろ？　そんとき成嶋になんか変なところとかなかったんかよ？」

「そういうのは……とくになかったと思うんだけど」

遠慮がちにこっちを見た新太郎に、俺も頷《うなず》いてみせる。

そうなんだよな。補習中の成嶋さんはただド下手なクロールを披露してただけで、別段変わった様子はなかったはずだ。

最後に顔を合わせたのは、それこそ一週間くらい前。確か新太郎から例の相談を受けた日だったと思うけど、あのときだっていつもどおりの成嶋さんだった。

「ねえ、どうしよっか……」

朝霧さんが不安な目で俺たちの顔を見回して、

「もしかして夜瑠《よる》は、明日も来ないつもりなんかな……？」

明日は待ちに待ったホタル計画を実行する日。

夕方前からチャリで山をひとつ越えて、みんなでホタルを見に行く予定なんだ。

今日俺たちがファミレスに集合してることだって、もともとは五人でその計画の最終会議をするためだった。

でも成嶋さんが相変わらず音沙汰なしなんで、本来の議題はそっちのけになっている。

「……どうするもなにも、ここは隣人の純也《じゅんや》になんとか捕まえてもらうしかねーだろ」

青嵐に言われるまでもなく、俺も最初からそのつもりだった。


みんなと別れたあと、俺は成嶋さんの部屋の前にやってきた。

スマホで連絡がつかないなら、直接訪ねるしかない。

もちろんみんなで来たこともあったけど、最近の成嶋さんはいつも不在。あるいは居留守。

とにかく顔を合わせることさえできないでいた。

でもさすがに今日は、そういうわけにもいかない。

俺は成嶋さんが出てくるまで、ずっとここにいるつもりだった。

「成嶋さん。いるか？」

一回目のノック。予想通り反応なし。

「おい、いるなら出てきてくれよ。聞いてるのか、エセ陰キャの猫かぶり痴女」

二回目のノック。やっぱり反応なし。

本当にいないのかな……。

薄っぺらいドアに耳をつけて、中の音を聞いてみようとしたら。

ちょうどそのタイミングで、ドアが開いた。

「なによ、童貞大王のざ古賀《こが》くん」

約一週間ぶりに姿を見せてくれた成嶋さんは、部屋着じゃなくて外行きの格好をしていた。凶暴な胸が強調されるショート丈のキャミソールに、スキニーのダメージジーンズ。肉付きのいい太ももが部分的にチラ見していて、やたらエロい。

メイクもいつも以上にばっちりだし、香水の匂いまでする。

なんか今日はやけに大人っぽいなと思いつつ、まずは一番言いたいことを言う。

「なによ、じゃないだろ。最近様子がおかしいのはそっちじゃないか。みんな心配してるぞ」

「そう？　別に普通だけど」

自分の部屋に鍵をかけながら、そっけなく返してくる。

「どこが普通なんだよ。ここ最近、ずっと既読スルーだし、家にもいないし、プールの補習もサボってばっかりだったし。それになんか今日の格好だって……」

「ごめん、バイトに遅刻するから」

こんな時間からバイト？

スマホを見ると、もう夕方六時だった。

「バイトって、前に本屋って言ってたよな？」

このあたりの本屋は、だいたい夜の九時には閉まる。もう少し遠くの本屋なら遅くまで開いてる店もあるけど、それでもこんな時間から出勤っていうのは、ちょっと変だ。

怪訝《けげん》に思っていたら成嶋さんは、

「あれはもう辞めたの。だから今は違うバイト。そっちが忙しくて、なかなか返信できなかったんだ。みんなにもごめんって言っといて」

俺の横を抜けて、アパートの外階段に向かう。

「待て待て！　じゃあその件は一旦いいとして、明日はもちろん参加するんだよな!?」

「明日？」

「ホタルだよ！　前から約束してただろ!?」

振り返った成嶋さんは、少しだけ考えて。

「あー、ごめん。明日もバイトの予定入っちゃって、行けなくなったんだ」

「…………は？」

「だから悪いけど、私抜きで行って。じゃあね」

「お、おい、待てよ！」

俺はとっさに成嶋さんの腕を摑《つか》んでいた。

なぜか一瞬、いつかの寂しそうな笑顔に見えたからだ。

「本当に明日はただ、バイトが入っただけなんだな？　本当にそれだけなんだな？」

「…………もう遅刻しちゃうから」

否定も肯定もなかったけど、そう言われると、俺も手を離すしかない。

成嶋さんは振り返らずに、錆《さ》びた外階段をカンカン鳴らしながら降りて行った。

あいつ、なんのバイトしてるんだ……？


その日の俺は、成嶋さんが帰宅するまで、ずっと起きてるつもりだった。

うとうとするたびに、自分のほっぺたにビンタを入れて覚醒を促していたら。

薄い壁の向こうから、隣の部屋のドアが開いて家主が帰ってきた音がした。

時計を見ると、日付が変わって深夜の一時過ぎだった。


そしてホタル計画の決行日。

俺たちは昼前から成嶋さんを除いた四人で、また昨日のファミレスに集まっていた。

「深夜一時までバイトって……」

朝霧さんが顔をしかめる。

もちろん朝霧さんだけじゃない。俺の話を聞いた全員が、揃《そろ》って同じような顔をしていた。

「高校生って、そんな時間まで働いていいんだっけ……」

新太郎のそれは質問じゃなくて、ただの独り言。だって答えなんてわかりきってるから。

それでも青嵐が律儀《りちぎ》に答えた。

「いや、だめだろ。成嶋の奴《やつ》、そんなに金に困ってんのか？」

「うちのアパートは家賃安いし、生活費だけなら昼間のバイトで十分のはずだけど」

まさか成嶋さん、変なバイトとかやってないだろうな……？

たぶんみんなも同じことを考えたんだろう。俺たちの間に、重い沈黙が降りる。

最初にそれを破ったのは、朝霧さんだった。

「あたし、夜瑠の実家の場所知ってるから、ちょっと話を聞きに行ってみようか」

そうだな。家族の人なら成嶋さんがなんのバイトをしてるか知ってるかもしれないし、家の事情とかがあるなら、それも聞いておきたい。

とにかく心配なんだよ、俺たちは……マジでなにやってんだ成嶋夜瑠……。

「でもそんな勝手な真似《まね》をしたら、成嶋さんも怒るんじゃないかな……？」

慎重派の新太郎はそう言うけど、もう俺の心は決まっていた。

念のため、もう一度成嶋さんのスマホに電話をかけた。

それでもやっぱり繋《つな》がらなかったんで、俺たちは朝霧さんの先導で電車を乗り継いで、成嶋さんの地元までやってきた。

似たような造りが何棟か並ぶ市営住宅。その一室が、成嶋さんの実家だった。

平日の昼過ぎだし、家族は誰もいないかもな。

そう思いながらインターホンを押すと、中から廊下を歩く音がして、ドアが開いた。

「だれ？」

黒いキャミソールを着た、二十代半ばくらいの女の人だった。

すっぴんだったけど、めちゃくちゃ美人。ただ家で油断してたのか、長い髪はボサボサだ。

しかもアルコールの匂いまでする。こんな昼間っから酒を飲んでいたらしい。

その顔つきといい、でかいおっぱいといい、成嶋さんとよく似ていた。

うん。この人はきっとあれだ。成嶋さんのお姉さんで間違いない。

「あの、俺たちは成嶋夜瑠さんのクラスメイトでして……」

こっちの事情を簡単に説明する。失礼にならないように、今日はみんなで出かける予定だったことと、最近急に連絡が取りづらくなったことを告げてから。

「なんか成嶋さん、遅くまでバイトしてるみたいなんですけど、心当たりはないですか？」

そんな言葉で締めくくった。

すると成嶋さんのお姉さんは、

「知らないわよ」

心の底からどうでもいいって感じの口調で、一方的にドアを閉めようとする。

思わず手を差し込んで止めた。

「待ってください！　なんでもいいんです！　たとえば成嶋さんがやりそうなバイトとか、あるいは夜に出入りしてそうな場所とか、なんでもいいから教えてくれませんか！」

成嶋さんのお姉さんは、面倒くさそうに俺を見る。

「……なんなのあんた。夜瑠の彼氏？」

「ち、違います！　ただの友達です！」

「それにしては必死すぎる気もするけど……夜瑠にあんたらみたいな友達がいたなんて、正直かなり意外だわ……ちょっと安心した」

そう言って、ふっと笑った。

「でもごめんね。私は夜瑠とあんまり仲が良くないから、本当になにも知らないの」

くそっ、ここまできて、なんの収穫もなしか……。

がっくりと肩を落とした俺を見て、成嶋さんのお姉さんはため息混じりに続ける。

「ただあの子は中学のとき、ライブハウスだかクラブだかによく出入りしていたらしいから、もしかしたら最近も、そのあたりハコに入り浸ってんじゃない？」

俺たちはその市営住宅にある児童公園のベンチに座っていた。

「それにしても意外だったな……」

新太郎はさっきから、同じことを何度も繰り返しつぶやいている。

成嶋さんが中学の頃からライブハウスとかに出入りしていたって話が、カルチャーショックだったらしい。

まあ、あいつの内向的な一面しか知らない人間なら、驚くのも無理ないかもな。

「ライブハウスくらい、別にいいんじゃない？　青嵐くんだって、別に年齢制限はないところが多いって言ってるわけだしさ。それにほら、夜瑠って音楽好きだから」

朝霧さんがそう言っても、新太郎は頭を抱えてうずくまったまま。

「僕にはわからない世界だよ……」

「アニソン限定のイベントとかやってるクラブもあるんだぜ？　今度行ってみるか？」

少し離れたところでスマホをいじっている青嵐が、にやりと笑った。

「い、いいよ。なんか怖いし……」

「それよりも青嵐。そっちはどんな感じだ？」

青嵐はさっきから、親戚の叔父さんっていう人に連絡をとっていた。

その叔父さんは青嵐に音楽のことをいろいろ教えた師匠らしく、ほぼ毎晩、いろんなライブハウスや音楽バーに出入りしているんだと。

それで青嵐は前にみんなで撮った写真を叔父さん送って、どこかで成嶋さんを見たことがないかってチャットで聞いてくれてるんだ。

「ちょっと待てよ～。さっき既読がついたとこだから……お、きたきた。ビンゴだ」

叔父さんから返信があったっぽい。

「んー……どうも成嶋は、『エデン』って名前のクラブでバイトしてるらしいわ。叔父さんもこの前そこに行って、成嶋本人を見たってよ。高校生には見えなかったって言ってる」

俺も昨日の夕方、ばっちり大人メイクをした成嶋さんを見た。

確かにあれで高一って言われると、首を傾《かし》げたくなるわな。

「クラブって、ライブハウスとは違うの？」

新太郎が青嵐に聞いた。

「機材が違うんだよ。生バンドかDJかってくらいで、あとは似たようなもんかな。ただそのエデンって店、年齢制限はとくにないデイイベントもやってんだけど、さすがに高校生のバイトはNGだったはずなんよな。俺も興味あって、前に調べたことあるから」

とりあえずは、想像してたような最悪の店じゃなかったことに、胸を撫《な》で下《お》ろす。

「でもなんで成嶋さんは、そんなとこでバイトしてんだ……」

呆《あき》れてため息をついた俺に、青嵐が首を小さく振ってみせた。

「さあな。そこらのバイトより時給いいからじゃね？」

「ちなみにその店は、今日も開いてるんだよな」

調べるわ、と言った青嵐がスマホで検索をかけながら、

「えーと……ああ、今日はロック系のイベントがあるらしい。開場は十九時だとよ」

じゃあ成嶋さんは、その時間にバイトが入ったから、今日のホタル見物を急遽《きゅうきょ》キャンセルしたってわけか。

「で？　夜瑠がバイトしてる店がわかったところで、これからどうすんの？　やっぱホタルは別日にする？」

みんなを見回した朝霧さんに、青嵐が答える。

「でも次に全員が夜行動できる日っつったら、また何日か先になんぞ？　そうなったら、たぶんもうホタルは見れねーな。今日でもギリなんだから」

それに日を改めたところで、成嶋さんは来ないと思う。だってあいつ、なんだかんだ言い訳してたけど、俺たちを避けてるのは明白なんだから。

「じゃあ……どうしよっか。もう四時になるけど」

スマホで時間を確認していた朝霧さんの横で、新太郎が難しそうに唸《うな》った。

「ホタルを見に行くなら、そろそろ向かわなきゃだよね……チャリだって一回取りに帰らないといけないし……どうする純也？　もう僕らだけで、行くの？」

成嶋さんがどんな理由でバイトしてるのかは、結局わからないまま。俺たちと距離をとっている理由だってまるで見当がつかない。

なんにせよここは、バイトがあるなら仕方ないって、割り切るところだ。

でも俺は見たんだよ。

昨日あいつがホタル見物を断ったとき、一瞬だけ浮かべた寂しそうな顔を。

成嶋さんは間違いなく、俺たちと一緒にホタルを見に行きたかったはずなんだ。

それが急遽《きゅうきょ》、どういうわけかクラブのバイトを入れて、行けなくなった。

そんなあいつを無理やりでも連れて行きたいって思うのは、子どものわがままだよな。

だから俺は、考えるまでもなく言った。


「いいや、五人全員で行く」


それは成嶋さんの意思を尊重できない、自分本意なガキの意見だと思う。

だけど。

本当はやっちゃいけないバイトを無理にやらされているんだとしたら。
その結果、あいつがホタルを見に行けなくなったっていうのなら。
俺はガキで結構だった。

第十一話　夜光

　クラブエデンは、私も中学の頃に何度か来たことがある。

　キャパは三百人強で、クラブとしてはまあよくある中規模の店。

　フロアと区切られたバースペースがあって、そのバーカウンターでお客さんにお酒類を提供するのが私の仕事だ。

　開場前のクラブは静かなもんで、フロアのほうから出演者やスタッフの打ち合わせしている声が小さく聞こえてくる程度。

「今日のロックイベントは前売り即完だったからよ。きっと超盛り上がるぜ」

　私の前でバーカウンターに着いているバズカットのマサシが、青瓶のリキュールを飲みながら言った。

　こいつは一応このクラブのオーナーのくせに、とくに打ち合わせにも参加せず、開場前からお酒をあおっている。ご機嫌でなによりだね。

「つーわけで、お前のキャストドリンクにも期待してんぞ？」

キャストドリンクっていうのは、店の女の子がお客さんに奢《おご》ってもらう飲み物のこと。売り上げに関わってくるから、とにかくマサシは私たちバイトの女子に、お客さんから高いお酒を奢《おご》ってもらえと、しつこく催促してくる。

もちろん私は、いくらお客さんから奢《おご》るって言われても、お酒を飲んだりはしない。

それでも立場上は断れないから、水割りを飲んでるように見せかけてじつは中身がお茶だったりと、うまくかわしている。ガールズバーの人から聞いたテクニックだ。

お客さんを騙《だま》してるわけだから、こっちから「奢《おご》って」とは絶対に言わない。

いくらマサシに強要されても、そこだけは絶対だ。

「しっかし夜瑠《よる》ちゃんってマジかわいいな。マサシくんにこんな知り合いがいたんかよ」

客入れ前のバーカウンターには、マサシのほかにもう一人、ホスト風の男が座っていた。

最近マサシと仲良くなった客らしく、オーナー特権で先に入れてもらったようだ。

その男から「なんかカクテル作ってよ」って言われたんで、ベースになるお酒とジュースを適当に見繕って、シェイカーを振ってあげた。

「おっ、シェイカー振る姿もサマになってんね～。この業界長い？」

「別に」

「うわ、そっけねー。だがそれがいい。なあ夜瑠ちゃん、俺と付き合わね？」

隣のマサシがくっくっと笑った。

「こいつはやめとけ。超男好きの真正ビッチだからな」

「んー。でも俺、むしろそういう子、好きっつーか？　なーなー、どうよ夜瑠ちゃん？」

改めてホスト風の男を見る。

高そうなグレーのスーツに、高そうな腕時計。メガネもきっと高いんだろうな。

でもこれはだめ。どれも全然似合ってない。

いいものを身につけて、お金持ちアピールがしたいだけの薄っぺらい男。

見た目からしてたぶん三十歳くらいなのに、中身は全然子どもだ。

私が好きなのはもっと余裕のある大人で、こんなガキにはまったく興味がない。

「すいませんけど、お断りです」

はっきり言ってやった。

「お〜、堂々としてていいね〜。今日のイベントが終わったらここで待ってなよ。いいホテルとってやっからさ。な？　な？」

「――――ぷっ」

さすがに我慢の限界で、吹き出してしまった。

これまでいろんな男に言われてきたセリフだけど、いいホテルをとってやるって、ほんとなんなんだろ。そんなので喜ぶ女がいるなんて、まさか本気で思ってるのかな？

マサシが「ちっ」と舌打ちした。

「客にその態度はねーだろ。いい加減ガキじゃねーんだし、ホテルくらい行ってこいや」

カウンターに瓶底を叩《たた》きつけて、すごんでくる。

もちろんそんなことでビクつく私じゃない。

「……そういうことは、好きな人としかしたくないんで」

好きでもない男に、大事な処女を捧《ささ》げてたまるか。

ピリついた空気を読んだホスト風の男が、「まあまあ」となだめてきた。

「夜瑠ちゃんさ。好きな人としかできねーなら、俺のこと好きになったらいいんじゃね？」

気持ち悪い男だけど、案外面白いことを言うと思った。

そんな簡単に言ってのけられるほど、『好き』って軽いものなのか。

そもそも『好き』ってなんだろう。


私は人一倍恋愛に焦がれているくせに、まだそれを理解していない。

初めて『好き』になった男の人は誰か？

その答えは、やっぱりトッチにいちゃんになるんだと思う。

でもそれが『恋』だったのかどうかは、今となっては正直よくわからない。


『好き』は『恋』なのか。

その答えが出せないまま、私はずっと恋がしたいと思っている――――。

◇

姉とトッチにいちゃんが市営住宅を去ってからの私は、少しずつ口数も増えて、明るくなってきた。

「ほらパパ、早く起きて！　もう朝ごはんできてるよ！」

「ふわあ～……昨日も深夜まで仕事だったから眠いんだよ。でも夜瑠の顔見たら、パパは急に元気が出てきたぞ」

「んふふ。嬉《うれ》しいけどパンツ一枚で言うことじゃないよね。それセクハラだよ、セクハラ」

たぶん姉たちがいなくなった寂しさを、無理やり吹っ切ろうとしてたんだと思う。

パパもきっと寂しかっただろうし、私が暗いままだとまた心配かけちゃうだろうし。

とはいえ、明るくておしゃべりな私は、家にいるとき限定の成嶋《なるしま》夜瑠。

私は中学一年でもまた女子グループの隅っこに入っていたけど、やっぱりそこでは内向的で引っ込み思案な成嶋夜瑠のままだった。

みんなとはどんな話をすればいいかわからないし、向こうから話しかけられても変なことを言ってしまわないか気を張って、どうしても萎縮してしまうんだ。

そして中学一年になっても、私にはまだ一緒にいて楽しいと思える友達はいなかった。

もちろん小学五年のあの頃に比べたら、クラスの女子たちが話してる内容もかなり理解できるようになってたし、共感を覚えることだってあったけど。

でも。それでも。

「ね、ね、私この前さ、二組の黒川《くろかわ》くんとデートして、手を繋《つな》いじゃったんだ！」

「えーっ。黒川くんってあのイケメンでしょ⁉　すげ〜っ！」

こと恋愛話に関しては、やっぱり共感できないまま。

「ねえ、成嶋さんもそう思わない？」

話を振られた私はもちろん、

「え、えと……うん、そうだね……かっこいいと思うよ、黒川くんは……」

内気な声で、こうなってしまうわけだ。

私はトッチにいちゃんという、大人の男とデートしたことがある。

やっぱりトッチにいちゃんに比べると、中一の男子なんて全員子どもに見えてしまうんだ。

クラスの女子たちが騒いでいる、黒川くんっていう男の子もそう。イケメンかどうかなんて考えたことすらない。だって彼はただの子どもなんだから。

姉と最初で最後のケンカをしたあの日。

私がトッチにいちゃんに恋をしていると疑われ、どす黒い嫉妬を向けられたあの日。

あれ以来、私は、何度も自問自答を繰り返していた。

トッチにいちゃんに対する私の『好き』は、『恋』だったのかと。

きっと違うはずだ。たぶん。おそらく。

確証がないからこそ、私は恋をしてみたい。

姉が私に嫉妬する必要なんてなかったんだと、胸を張って言いたい。

そして叶《かな》うのなら。

姉のように、血を分けた妹よりも男を選んでしまうような、激情的な恋がしてみたい。

自分を見失い、支離滅裂な嫉妬を生んでしまうほどの、狂気的な恋がしてみたい。

けれど中学一年のクラスメイトたちは、どうしても私の恋愛対象にはならなくて。

私は恋を激しく渇望《かつぼう》しながらも、それを育てる苗床《なえどこ》さえ見つけられないままでいた。


それでも転機は突然に訪れる。

いつものように、いまいち馴染《なじ》めない女子グループで下校しているときだった。

「おっ、中学生はっけ〜ん。俺らとカラオケでも行っときます〜?」

高校の制服を着たチャラそうな男たちと出くわした。

「い、いいです。結構です。ほらみんな、行こ……」

女子グループの一人がそう言って、俯《うつむ》き加減に横を通り抜ける。

道を譲った高校生たちも冗談半分だったらしく、笑顔で手を振っていた。

「ざーんねーん。また今度お願いするっち！」

手を振っていたんだけど。

「ん？　どした？」

私だけはその場に残っていたもんだから、全員が目を丸くしていた。

「ちょ、ちょっと成嶋さん。早く行こうよ」

女子グループのみんなが小声で呼びかけてくる。

それでも私は。

「その……カラオケに……連れて行ってくれるんですか？」


その高校生の男たちは全員が高三。十八歳。

軽薄な印象こそあるものの、当然中学一年のクラスメイトたちよりは遥《はる》かに大人だった。

あの女子グループたちに道を譲ったときも、じつはさりげなく車道側に身を退けていたし、
私が話しかけたときも「そこ危ないから」と袖を引っ張ってくれた。

大人との恋を渇望《かつぼう》する私が彼らの誘いに乗ったのは、至極当然な流れだったんだ。

「夜瑠ちゃんだっけ？　マジで一人で来ちゃってよかったの？　友達は？」

「あ、えと……大丈夫です。私もカラオケに、来たかったから……」

「おとなしそうな子なのに積極的ぃ！　んじゃさっそく、一曲目いっときますかぁ〜！」

そのテンションの高い男が曲を入れ始めるなか、私の隣に座っていた別の男が言った。

「一応友達には連絡しといたほうがいいよ。みんな心配してるだろうから」

その男の名前はカワノ。

チャラそうな高校生たちのなかに一人だけいた、落ち着いた雰囲気のある男だった。

パパから中学の入学祝いで買ってもらった新品のスマホを取り出すと、カワノも自分のスマホを出してくる。

「そうですね……」

「なんかSNSやってる？　よかったらアカウント教えてよ」

私がスマホを出したタイミングで、それを切り出すんだね。

このやり口にも中学生には真似《まね》できないスマートさを感じて、つい笑みがこぼれた。


連絡先を交換して以来、私はカワノと二人だけで遊びに行く関係になっていた。

ファストフード店でご飯を食べたり、買い物に行ったり、映画にも行った。

それはどれも、そこそこ楽しいデートだったんだけど。

あくまで「そこそこ」で、冷静さを欠くほどの激情的な恋には程遠いものだった。

学校の休み時間に、グループの女子たちが話しかけてきた。

「ねえねえ。成島さんって、この前の高校生と付き合ってるんだって？」

「え……えっと、どうなんだろ……まだそういう話は、してないけど……」

告白してからが交際スタートっていうのは、日本独自の文化だって聞いたことがある。

カワノは私を好いてくれているようだし、私だって決して嫌いじゃない。だから今の関係を指して「付き合っている」と言われたら、あながち間違いでもない気はしたけど。

それでもやっぱり、素直に首肯はできなかった。

私はまだ、カワノに『恋』ができるかどうか、模索している段階だったから。

「成嶋さんって意外と積極的だったんだね～？」

女子のなかには囃《はや》し立《た》ててくる子もいたけど。

「や、でもさ。いきなり知らない高校生についていくって、さすがにやばくない？　あのときはマジびっくりだったっていうか……」

当然のように、引いている子もいた。

そしてその「やばい」ことは、遠からず起きる。

バイトがあったというカワノと、日曜日の夕方から待ち合わせをして。

二人で夜ご飯を食べて、そろそろ帰ろうかって雰囲気になったときだった。

「俺さ。ちょっと行ってみたいカフェがあるんだけど」

カワノからそう切り出された。

とくに断る理由もなかった私は、そのまま素直についていく。

でもその行きたいカフェとやらには一向に辿《たど》り着《つ》かず、やがて私たちは駅前から少し離れたラブホテル街までやってきた。

「あれ？　確かこの辺だったと思うんだけど……ないなあ」

カワノのそれは、あまりにも白々しいセリフだった。

「ま、いっか。夜瑠ちゃん、歩き疲れただろ？　ここらでちょっと休憩していかない？」

スマホの連絡先を交換したときと違って、ユニークさの欠片《かけら》もない。そこに大人の余裕はまるでなく、こんな冗談みたいな手口を使うんだって、がっかりさえした。

「す、すいません……私、そういうのは、ちょっと……」

この時点で私はもう、カワノに対する興味を失《しっ》していた。

何度か遊んでみて面白いと思った部分はいくつもあったけど、やっぱりこの先もカワノ相手に恋はできそうにない。こうして体を求められてもときめかないことが、なによりの証拠だ。

だから私は帰ろうとしたんだけど。

「おい待てよ」

手首を掴《つか》まれた。かなり強い力で。

「知り合って一ヶ月くらい経《た》つのに、キスすらさせないってどういうことだよ」

「え、だ、だって……そういうのは、もっとおたがいをよく知ってからじゃないと……」

「じゃあここでよく知ろうぜ。とりあえず中に入ろう。こういうのは勢いが大事だって」

私はカワノに無理やり引っ張られ、どんどんラブホテルの入り口に近づいていく。

「ちょ、ちょっと……や、やめてください……っ！　私はそんな、勢いでなんて……やだ」

「なんだよ今さら。お前、俺たちとのカラオケに一人でついてきたくらいだし、どうせ男にも相当慣れてるんだろ？」

中一で女の私が、高三の男の力に抗《あらが》えるはずもない。

もう思い出すまいと心の奥底に固く封じていた記憶が、フラッシュバックする。

それはあの日、姉の部屋で覗《のぞ》き見てしまった、トッチにいちゃんと姉の二人の――――。


「いやだッッ！」

私は生まれて初めて、他人の頬を引《ひ》っ叩《ぱた》いていた。

頬を押さえて、しばらくぽかんと私を見つめていたカワノだったけれど。

「────てめぇ」

全身から鋭い怒気を発して、睨《にら》みつけてきた。

「あ、そ、その……い、今まですいませんでした！」

言い終わる前に、私はアスファルトを蹴って駆け出していた。


どこをどう走ったのかは覚えていない。

気がついたときには、駅裏口の噴水広場にあるベンチに腰を落ち着けていた。

あたりを見回す。カワノは追いかけてきていない。ここは人も多いんで、もしまた現れたとしても、さすがに乱暴なことはしてこないだろう。

「……はあ……はあ……」

そこでやっと、自分の呼吸が荒いことに気づく。心臓もドキドキしている。

飲み物を買おうと思ったけど、小銭を摑《つか》めそうになかったから諦めた。

それだけ指先が、手が、腕が、体全体が震えていた。

怖かった。本当に怖かった。

私は本当にバカだ。

もっと早い段階でこうなる可能性は十分あったのに。

それでも私は、カワノに手首を摑《つか》まれたあの瞬間まで、自分が危険と隣り合わせにいるっていう認識をもっていなかった。

最初にカワノたち高校生グループについていったときもそうだ。

ただ年上の男となら、恋ができるんじゃないかって考えていただけで。

乱暴なことをされる可能性までは、考えていなかったんだ。

おかげで私は、もう少しで――――。


姉とトッチにいちゃんの「秘密の行為」が、また一瞬だけ脳裏をよぎった。


ぶるぶると首を左右に振る。

いやだ。いやだいやだ。まだ恋を知らないうちにあんなことをするなんて、絶対にいやだ。

……もう無理して大人の男に近づくのはやめよう。

中学一年らしく、クラスメイトたちと普通に過ごしていれば、私だっていつかは同級生相手に普通の恋ができるかもしれない。うん、きっとそうだ。それがいいよ。

そう考えてベンチから立ち上がった私は。

自然と足が止まっていた。

普通の恋……？

なんだそれは？

それは勝手な思い込みで妹から男を引き離すほどの、偏向的で狂気めいた『恋』なのか？

優しくて理知的で聡明《そうめい》だった姉を豹変《ひょうへん》させてしまうほどの、魔性を秘めた『恋』なのか？

子どもの同級生相手に、私は、そんなすさまじい恋が、できるとでも――。


「お嬢ちゃん、こんな遅い時間にどうしたの？」

立ち止まっていた私に、声をかけてきた男がいた。

カワノじゃない。

まだフレッシュなスーツを着た、二十代そこそこのサラリーマンだった。

「悩み事があるなら、大人のお兄さんが聞いてあげようか？　ファミレスとか行く？」

ああ、本当に。

私はまだ恋を知らないっていうのに。

ただそれに焦がれているだけで。怖い目にあった直後だっていうのに。

「……行きます」

こうしてまた、大人の誘いに乗ってしまう。

私はきっと、恋を渇望《かつぼう》したあの日から、狂っているんだ。

私はきっと、恋を知るまで止まれないんだ。


そのサラリーマンとは何度か会ったけど、下心を隠そうともしない下品な男だったんで、すぐに連絡を取らなくなった。

それからの私は、ＳＮＳやグレーなアプリを使って相手を探そうかと、本気で考えていた。

中学一年の女子にとって、大人の男と出会う方法なんて限られているからだ。

ギリギリで踏みとどまれたのは、いいタイミングで同じ中学の先輩男子から遊びに誘われたからだった。

その三年の男子はやっぱり私が思う大人には程遠く、またすぐに会わなくなったんだけど。

それをきっかけに私は、ほかの三年の先輩男子たちからも遊びに誘われることが多くなる。

——成嶋夜瑠は誘っても絶対に断らない女。

どうもそんな噂《うわさ》が広まっていたらしい。

実際、私は断ったりしなかった。

どんな相手だろうと、年上の男が声をかけてきたら、ひとまず誘いに乗った。

恋に発展しそうな対象かどうかを吟味するために、二人だけで遊びに出かけた。

一度遊んだだけでわかる男もいれば、何度か遊ばないとわからない男もいた。

違うと思ったら相手をブロックして、また別の相手から声がかかるのを待つ日々。

それを繰り返した。

やがて中学二年になると、私は体つきが大人びてきたせいか、街でナンパされることが多くなる。とくに少し際《きわ》どい格好で夜に出歩けば、高確率でナンパされた。

それでもやることは、やっぱり同じだった。

この人は恋ができる人かどうか。私の心も体もすべてを捧《ささ》げられる運命の人かどうか。

声をかけられたらひとまず遊びに行き、相手の細かいところまで観察する。

そして無味乾燥に区分けする。選別する。

すべて「違う」の字が書かれた箱行きだった。

それを繰り返した。ひたすら繰り返した。

機械的に事務的に、作業のように繰り返した。

高校生に大学生、フリーターにサラリーマン。本当にたくさんの男と遊んで、選別した。

危ない目にも何度かあってきたけど、いつしかそれにすら慣れてしまっていた。

ホテルに連れ込まれそうになったり、無理やりキスされそうになったりしたら。

相手の頰を張り飛ばして帰る。

ただそれだけ。

時には拳で、噛《か》みつきで、引《ひ》っ掻《か》きで、撃退したこともある。

いつしか怖いとさえ感じなくなっていた。

もちろんその頃には、学校で私に話しかけてくる女子もいなくなっていて。


「……え、成嶋さんってそんなタイプなの？」

「……知らないの？　一年のときなんて三年の先輩を取っ替え引っ替えだったじゃん」

「……私も聞いたことある。この前、すっごい年上のおじさんと街を歩いてたんだって」

「……うっそ、あんなおとなしそうな子なのに？　人は見かけによらないんだね」

「……隠《かく》れビッチってやつ。やばいから絶対近づかないほうがいいよ」


そんな密談が聞こえてきても、私は気にしない。止まれない。

だってその日もまた、男と会う約束をしている。

そしてきっと、作業のように殴って、作業のようにブロックするんだろう。

恋という呪いにとり憑《つ》かれた私のメンタルは、本当におかしくなっていた。


そんな日々を繰り返しているうちに、いつの間にか中学三年になっていた。

もう最初がいつだったのかもわからないけど、その頃の私は。

街で妙な連中に絡《から》まれるようになっていた。

学校から一人で帰っているときや、休日に一人で買い物をしているとき。

どこからともなく強面《こわもて》の男集団が現れ、私を追い回してくるようになっていたんだ。

「夜瑠ちゃ〜ん！　俺らとも遊ぼうぜ〜ッ!?」

これまでブロックしてきた男たちの誰かが関与していることは、容易に想像がついた。

きっとこの状況は、急に私と連絡が取れなくなったことに怒った誰かの報復。

大勢の男たちと遊びにいってはブロックして、さんざん好き放題やってきた精算とでもいうように、私はとうとう手痛いしっぺ返しを食《く》らう羽目になったわけだ。

知らない男たちに数人がかりで追い回されるなんて、さすがに怖い。

それも時と場所を選ばず、突然街角から現れては追いかけてくるもんだから、相当怖い。

これにはもちろん抵抗する気さえ起きず、私はただ逃げ続けるばかりだった。

人の多い屋内に駆け込んだり、女子トイレに身を潜めたりして、いつもやりすごす。

それでもやっぱり多勢に無勢。当時まだ十四歳で、体力も行動範囲も限られていた私はある日、いよいよ男たちに捕まってしまい。

窓にスモークを貼っていた、いかついワゴン車に押し込められた。

怖くて恐ろしくて、それでも泣き叫ぶことだけはしなかった私が連れて行かれたのは。

連中が溜《た》まり場《ば》にしていた、地下のバーだった。

「ふーん。こいつが噂《うわさ》の、成嶋夜瑠って女？」

バズカットで、腕に渋めのタトゥーがある三十歳くらいの男が、ＶＩＰ席のソファーにふんぞり返ったまま偉そうに言った。

そいつは周りから「マサシさん」と呼ばれていた。

落ち着いた雰囲気はあるけれど、キレたらなにをするかわからない危ない奴《やつ》。

それがマサシの第一印象で、私をここに連れてきた男たちのまとめ役だとすぐにわかった。

口の中は恐怖でカラカラだったけど、なんとか言葉を絞り出して睨《にら》みつけてやる。

「私になにをする気ですか」

まだ恋を知らないうちに暴行を受けるくらいなら、舌を噛《か》んで死んでやるつもりだった。

……その前にこいつらを、一人でも多く道連れにしてやる。

テーブルにあったクリスタルの灰皿を見て、私は本気でそう考えていた。

マサシはすぐさま、こっちの意図に気づいたみたいで。

「かかっ。お前、噂《うわさ》通りの奴《やつ》だな。美人でおとなしそうに見えるけど、すげー気の強い中三の女がいるって、街の若いアホどもが騒いでんだよ。んで、興味が出て先に拉致ってみたわけ」

どうやらマサシたちは、普段から私を追い回している連中とは別のグループらしかった。

「度胸もあるし、顔もいい。なあ夜瑠、お前うちの店で働かねーか？　ちょうどお前みてーな奴《やつ》を探してたんだよ。こっちは別に中三でも構わねーぜ？」

「やりません」

きっぱり断ったんだけど。

「安心しろって。たぶんお前が思ってるような店じゃねーから。これでも俺は、街のアホどもに顔が利《き》くんだぜ？　お前このままだったら、いつかあいつらにマワされんぞ？」

それを言われてしまえば、もう私に拒否権はなかった。


マサシは仲間内で、いくつかのバーやライブハウス、クラブを回している男だった。

こうして私はマサシに言われるがまま、ときにはライブハウスで、ときにはクラブで、臨時のバイトとしてお酒を提供する仕事を任されることになる。

もちろん私が中学三年だってことは、マサシとその身内以外には内緒だった。

助けてもらったこと自体には本当に感謝している。それでもマサシが危ない男なのは間違いなく、厄介なことに反社会的勢力との関わりさえもっている様子だった。

マサシと連中がどういう関係なのかはわからないし、知りたくもない。ただほかにお客さんがいないところで、ガラの悪そうな男たちとよくない話をしている場面は何度も見てきた。

そして私がその手の男たちに口説かれることも、日常茶飯事だった。

いくら大人の男と出会いたいとはいえ、そういう連中は当然お断りだ。

それでもマサシの下にいる限り、いずれ断りきれない日が来ることもわかっていた。

だから私は少しずつ、あくまでも少しずつ、マサシと距離を置くようにしていって。

中学を卒業するまでには、完全に関係を断っていた。


そして先月。

姉が実家に帰ってくることになったから、私は無理を言って一人暮らしを始めた。

地元を離れた時点で、もうマサシたちに会うことも二度とないって思ってたんだけど。


やっぱり、そう簡単にはいかないもんだね……。

◇

クラブエデンの開場時間が迫っていた。

「うっし。そろそろ客入れを始めんぞ」

マサシがバーカウンターから立ち上がる。

隣にいたホスト風の男も、カクテルを一気にあおって席を立った。

「夜瑠ちゃん。さっき言ったあれ、ガチだから。今日のイベントが終わったあと、ここで待ってなよ。マジでいいホテルに連れてってやっからさ。プールつきよ、プール」

「だから行きません」

「行けよ」

カウンター越しに顔を近づけてきたマサシが、囁《ささや》いてくる。

「……お前は俺に借りがあんだろ？　こいつとセックスしたくねーなら、別にそれでもいいからよ。とりあえず今日のところは俺の顔立てて、ちょこっと行ってきてくれや。な？」

マサシは私の肩を叩《たた》くと、薄気味悪い笑みを残して、ホスト風の男と一緒に立ち去った。

好きでもない男とホテルなんかに行けるわけがない。

いくらこっちが拒絶したところで、なにをされるかは目に見えてるんだから。

だけどマサシとの縁が切れなかった以上、たとえ今夜は急場をしのげたとしても——。

「時間の問題、かな……」

遅かれ早かれ、私はいずれ好きでもない男と、そういう関係になってしまうんだろう。

すべては自分が招いたこと。そんなことはわかってる。

わかっているんだけど。

「ぐす……」

自然と涙が溢《あふ》れてきた。

恋の魔性に魅入られて、恋を激しく渇望《かつぼう》してしまったあの日から。

私はずっと、暴走する自分を止められなかった。

あの優しくて大好きだった姉を、醜い嫉妬で豹変《ひょうへん》させたような。

トッチにいちゃんと二人で消えて、私を一人ぼっちにさせたような。

そんな憎くて憎くて仕方がない狂気の恋を、ただ知りたくて。

好き放題にやってきた結果、マサシのような危ない男に拾われて、こんな暗い地下に堕《お》ちてしまった。

なんとかマサシの元からフェードアウトして、今の高校に入学してからも。

私はまだ懲りずに恋を求めてしまった。

もうおとなしくしておこうと思っていたのに。それでも同じクラスの大人びた青嵐《せいらん》くんを見て、この人となら恋ができるんじゃないかって期待して、近づいてしまった。

そんな青嵐くんは、恋愛より友達が大事だとか騒ぐ古賀《こが》くんのグループにいて。

古賀くんはいつも青嵐くんの横にべったりだったから、本当に邪魔だった。

うざくて、ガキで、面倒で。大嫌いで、喧嘩《けんか》もして。

だけど——楽しかった。

古賀くんは私の汚い話を聞いたうえでも、「友達」って言ってくれた。グループに受け入れてくれた。

あの五人で過ごした時間は、本当に、とっても楽しくて。

もう恋なんて知らなくてもいいかな、なんて思ったほど。

そう思った矢先に、私はまたマサシと出会ってしまった。

自分の過去の振る舞いが、陽の当たる場所に行くことを許してはくれなかった。

たぶんこれは、半端《はんぱ》な気持ちで古賀くんたちの輪を乱そうとした罰でもあるんだ。

きっと私は恋を知る前に、恋とは無縁の男に貞操を破られてしまう。

だったらそれも罰として受け入れよう。

恋を知りたいがために、大勢の男を振り回してきた私には、お似合いの末路じゃないか。


——成嶋さんはもう完璧ウサギだわ。


以前古賀くんに、そう言われたことを思い出す。

実際、私は寂しがり屋で、いつも一緒だった姉たちがいなくなって、本当に寂しかった。

でも古賀くんは知らないんじゃないかな。

ウサギは寂しいと死んでしまうって言われてるけど、正確には違う。弱っていても隠す習性があるから、よく見ておかないと、いつの間にか衰弱して死んじゃってるだけ。

……あはは。じゃあやっぱり、私はウサギだね。

弱っていることを隠したまま、古賀くんたちの前からこっそり消えて、こっそり死んでいこうとしてるんだから。

本当は今日、みんなでホタルを見に行く予定だった。

でもそれはもう叶《かな》わない夢。

だけど。それでも私は。

未練がましくも、涙を拭いながら、つい口にしてしまう。

「……みんなと見に行きたかったなあ、ホタル……ぐす」

そのときだった。


「成嶋さーん！　どこだーっ⁉」

客入れが始まって、入り口のドアが開いた途端。

聞き覚えのある声が、クラブ内に響き渡った。

「おーい、成嶋夜瑠さーん！　まだ『高校生』の成嶋さーん！」

その人は「高校生」の部分を強調して、大声で叫んでいる。

涙で滲《にじ》んでいた視界をクリアにするために、目をぐしぐしとこする。

こすって声のほうを見る。

「うそ――……？」

ぞろぞろとホールに入ってきたお客さんたちのなかに。


古賀くんがいた。

火乃子《ひのこ》ちゃんがいた。

青嵐くんがいた。

田中《たなか》くんがいた。


みんなが、いた。


バーカウンターの私と目が合った古賀くんが、笑顔でぶんぶんと手を振ってくる。

「おっ、いたいた！　おーい、まだ『高校一年生』の成嶋さーん！　迎えにきたぜーっ！」

もちろんマサシが血相を変えて飛んでくる。

「ちょっとちょっとお客さん！　なにを――」

「あ、店長さんですか？　すいません、あそこのバイト店員、じつはまだ高一なんですよ。この店って確か、高校生のバイトはＮＧでしたよね？」

「いや、それは……」

青嵐くんがスマホを突き出した。

「ここのホームページにもそう書いてますよ。まあ普通はクラブで高一のバイトなんて、募集してませんよね」

火乃子ちゃんが意地の悪い笑顔を作った。

「これ通報されたらまずいやつなんじゃないの～？　いくら夜瑠がかわいくて客の人気も出そうだからって、現役ＪＫをバーカウンターに立たせるのは、さすがにね～？」

「そういうわけなんで、連れて帰りますね。ご迷惑おかけしました」

古賀くんがバーカウンターの中に入ってきて、強引に私の腕を引っ張っていく。

マサシが私に手を伸ばしてきた。

「ま、待てよ夜瑠！　もう客入れ始めてんのにどこ行く気だ!?　てめ、ふざけてんじゃゃ」

それを古賀くんが払いのけて、強い目で睨《にら》み返す。

「俺たちの友達にさわらないでください」

お客さんの前で私の年齢をバラされた以上、さすがにマサシも執拗《しつよう》に食い下がったりはしなかった。

私はみんなの手で、地下の薄暗いクラブから、まだ少し明るい地上に連れ出される。

さっきからずっと頭が混乱しっぱなしで、

「……なんで来たの？」

最初に口から漏れた言葉が、それだった。

「なんで、なんでみんな来ちゃったの⁉　私を無理やり連れ出すような真似《まね》までして！」

すると古賀くんは、バツが悪そうに鼻頭を掻《か》いて。

「だって一緒に見に行きたいじゃん。ホタル」


――は？


みんなそれぞれ、歩道脇に停《と》めてあった自分の自転車の鍵を急いで開けながら。

「あはは……ごめんね夜瑠？　あたしはもう四人で行こうかって言ったんだけどね。古賀くんがどうしても五人じゃないとだめって譲らなくて」

「あの、僕らのせいで迷惑かけちゃったと思うけど、やっぱり高校生NGのお店で働くのはよくないよ」

「キレんなよ成嶋？　だめなことやってたのは、そっちなんだからな？」

――いや、ちょっと待って。

「それに俺たちだって、最初はアパートの下で待ってたんだぞ」

古賀くんが拗《す》ねたように言う。

「本当は成嶋さんがバイトに行く前に説得するつもりだったんだけど、今日に限って早めに家を出てただろ？　だからバイト先まで押しかける羽目になったんだからな」

確かに今日はいつもより早めに家を出て、バイトの時間まで外で時間を潰していた。

だってそうでもしないと、古賀くんなら本当に家まで来て、強引に私を連れて行くことだってやりかねなかったから。

でもこんなの、誰が想像できる？

家どころか、まさかバイト先のクラブにまで押しかけてきて、強引に私を連れ出すなんて。

そりゃ確かにやっちゃいけないバイトだったけど、仮にも仕事中だったんだよ？

しかもその仕事中の私を連れ出した理由が。

一緒にホタルを見に行きたいから？

そんなのってある？　だってそんなの完全に――子どもの意見、だよ。

「ほら急げって成嶋さん！　マジでもう時間ねーんだから！　俺を殴りたいならあとあと！」

自転車に跨《また》がった古賀くんが急《せ》かしてくる。

「で、でもホタルなんて、もうさすがに……別に今日じゃなくても……」

「今日を逃《のが》したら、五人全員で行ける日はずいぶん後になっちまうんだよ！　そうなったらもうホタル見れねーだろ⁉」

そんなこと言っても、今は夜の七時過ぎ。

ホタルが見られるのは遅くても九時頃までだから、今から行ってもきっと間に合わない。

だってそこまで行くには、自転車で山をひとつ超えなきゃならないんだから。

「そもそも私、自転車だって持ってないし……」

本当はパパのを借りに行く予定だったけど、取りに行ってる時間だってもうない。

すると古賀くんが、自慢の自転車の荷台を、ばしばしと叩《たた》いた。

「だから！　成嶋さんは俺の後ろに乗るんだよ！　全力で飛ばすから！」

「え、えええええっ⁉　そんなの無茶だって！　二人乗りで山越えなんて絶対――――」

「安心しろ」

古賀くんが自信たっぷりに笑った。

「俺の『ネオ純也《じゅんや》号エクストラ』は変速機つきだ」

◇

古賀くんの自転車は、もうびっくりするほど速くって。景色がどんどん流れていって。

私を荷台に乗せているのに、ぐんぐんと山道を登っていく。

田中くんのほうがきつそうだったくらい。

「はあ、はあ……ね、ねえ純也、あとどれくらい？」

「たぶん一時間くらい！」

「う、うえ～。僕もう体力が……」

つらそうに自転車を漕《こ》ぐ田中くんを見ていると、また申し訳ない気持ちが込み上げてくる。

「……私のせいで出発が遅れちゃって、ごめん……」

並走する火乃子ちゃんが近づいてきた。

「夜瑠だってあの店でバイトするのは嫌だったんでしょ？」

「う、うん……それはそう、だけど……」

青嵐くんも自転車を寄せてきた。

「事情があんのはわかってんだよ。これからは困ったことあったら、とりあえず俺らに相談しろ？　解決できるかどうかはわかんねーけどな。はは」

田中くんも必死で追い上げてきて、隣に並んだ。

「はあ、はあ……そうだよ。僕たちなら……いや、純也ならきっとなんとかしてくれるから。去年僕を自転車の後ろに乗せて、下山、してくれたとき、みたいに……」

だめだ。

やっぱりこの人たちは、私と違ってまぶしすぎる。

まぶしすぎるから。

「…………ぐす……えぐ……っ」

もう満足に顔をあげていられない。

「みんな……ほんとに、ほんとに、ありがとう……ありがとう……ふえ……ええええ……」

そしたら古賀くんが振り返らずに言ってくれた。

「友達なんだから当然だろ」

「……うん……うん……っ！」

子どもじみた人なのに。でもその背中はやけに大きくて。

大人っぽい格好で泣きじゃくっている私のほうが、全然子どもに見えてしまう。

だから私は、古賀くんの腰に回した腕に力を込めて、その背中に顔を押しつけた。

みんなに泣き顔を見られたくなかったから。

でも涙はとっくに止まってても、私は古賀くんにしがみついたまま離れられなかった。

……だって速すぎるんだもの。この『ネオ純也号エクストラ』が。

「くっそ！　まだ山道の終わり見えねーぞ⁉　これ間に合わねーんじゃねーの⁉」

必死で自転車を漕《こ》ぐ青嵐くんに対して、

「行ける！　まだ間に合う！　絶対に大丈夫だ！」

古賀くんがまた根拠もなく、そんなことを言う。

山道はさっきからずっと下り坂だったけど、私ももう無理だと思っていた。

ホタルは見たかったけど、みんなが私を迎えにきてくれただけで十分。

私にはこんなに素敵な友達ができたんだって思えただけで、ほんとにもう十分なんだよ。

古賀くんが私にだけ聞こえるように、ぼそりと言った。

「絶対にホタルを見せてやるから、もうそこで青嵐に告白しちまえよ」

ああ、この人はそのために必死になってくれているんだ。

まだ私の身勝手な「恋探し」を、こんなにも応援してくれているんだ。

でもごめん、古賀くん。

私はもう、青嵐くんに告白する気はないの。

だからあなたが言ってたとおり、私もずっと今の五人組のままでい――――ばちん。

……なんか嫌な音がしたよ？　古賀くんが握ってるハンドルのほうから。

「おわあああああああああッ⁉　ブレーキぶっ壊れたあああああ⁉」

絶叫する古賀くん。

私たち二人が乗った自転車が、慣性に後押しされて勝手に坂道を滑り落ちていく。

「ちょっ……!?　ま、まじで!?　私、後ろに乗ってるんだけど!?」

「成嶋さんの乳が重すぎたんだよおおおおッ！」

「うっわ、こんなときにまた悪口言った!?　止めて止めて止めてえええええええええッ！」

私と古賀くんを乗せた自転車は、ぐんぐんと無駄にスピードをあげていって。

坂を下った先のカーブで、ガードレールにぶつかって。

ぐんと体が引っ張られたけれど、なんとか止まってくれた。

「…………こ、怖かった」

安堵《あんど》の息をついた私は、ひとまず荷台から降りる。

大した距離じゃなくてよかった。もう少し助走がついてたら、絶対二人ともガードレールの向こう側に投げ出されて──……あ。

ガードレールの向こう側。さらさらと静かな音を立てて流れる浅い小川。

そこを見て、私は固まっていた。

後ろからブレーキ音が聞こえたんで、後続のみんなも追いついてきたらしい。

「おいおい大丈夫かよ純也？」

「ああ……でも今ので前輪が曲がっちまった。さすがにもう間に合わないかな……」

「ここまでってことだね」

「夜瑠も怪我《けが》なかった？　災難だったねえ……」

そんな話をしているみんなに、私は川から目を離さずに言った。

「みんな……見て……見てよあれ！」

夜の深い森を裂くように伸びている、小さくて浅い川。

その周辺に。

緑色に明滅する緩慢な光が、ふわふわと漂っていた。

息を呑《の》んだ古賀くんが、囁《ささや》くように漏らす。


「ホタルだ…………！」


そう――これはホタルの群れだった。

うっすら夜霧が立ち込める深い森のなかを、四方八方に移動する無数の光の軌跡。

強く輝いては弱々しく消えていく自然界の電飾。

幻想的のひと言で片付けるには、あまりにも物足りない。

呼吸も忘れて見入ってしまうその光景は、いつか絵本で見た精霊たちの舞踊と見紛《みまが》うほど。

私たちは言葉を失い、立っている感覚すら失い、ただ呆然《ぼうぜん》と自然の神秘に見惚《みと》れていた。

「……ふっ」

古賀くんが突然、わざとらしく笑う。

「見たかみんな。俺は最初から、この場所を狙っていたんだよ」

みんな呆《あき》れた目で彼を見ている。私だって同じだよ。

どうしてこの人は恥ずかしげもなく、そんなガキっぽい戯言《たわごと》を口にできるんだろう。

しかも自信たっぷりの笑顔で。

そんな顔を見てしまったら――私はちょっと困るんだよ。

じつは少し前から、古賀くんを見るたびに込み上げてくる変な感情があった。

私はそれを、必死に否定してきた。

だってそんなことはありえない。

彼は大人の男じゃなくて、ただの子どもだから。

でも、だからこそ、本当に純粋な人で。

昔、私と似たような経験をしたくせに、私と違ってまったく擦《す》れてなくて。

恋愛より友達が大事だとか。

五人でいるのが好きだとか。

私の男遍歴を聞いても拒絶せず、気持ち悪いとも言わず、ありのまま受け入れてくれて。

そのうえでまだ、友達とか言ってくれる。

私のために泣いてくれたこともあったね。

勝手にみんなの前から消えようとしてた私を、わざわざあんな場所まで迎えにきてくれて。

私がすごく楽しみにしていたホタルを、まさか本当に見せてくれるなんて。

ああ、これは困った。

本当に困った。


ひとまず私は、ホタルの群れに祈りを捧《ささ》げることにした。

この精霊たちが遠く離れた姉に想《おも》いを届けてくれることを期待して、心で呼びかける。


——ねえ、お姉ちゃん。

——私のトッチにいちゃんへの気持ちは、やっぱり『恋』じゃなかったよ。

第十二話　怪物

「おーい、古賀《こが》くん。お暇ですか～？」

夕方過ぎに、私は古賀くんの部屋のブザーを鳴らした。

すぐにドアが開いて、面倒くさそうな顔が出てくる。

「なんだよ」

「んふふ。また料理を作りにきちゃったのだ！」

買い物袋を掲げると、古賀くんはため息をついて中に入れてくれた。

すぐに会いに行けちゃうんだから、お隣さんっていうのは便利だよね。

「メシ買いに行こうとしてたところだからちょうどいいけど、なんで成嶋《なるしま》さんが料理を？」

「この前、素敵なホタルを見せてくれたお礼」

もちろんお礼ならみんなにしたいんだけど、私を連れ出そうって言ってくれたのは古賀くんだそうで、やっぱり一番にお礼をするなら彼だって思ったんだ。

――ううん。それもそうなんだけど。

単純に古賀くんに会いたかったっていう部分が大きい。

私は本当に困ったことに。

自分でも認めるのが嫌なんだけど。

どうやら古賀くんのことが、まあ、その……ちょっと『そう』なってしまったらしい。

トッチにいちゃんにも、青嵐《せいらん》くんにも、これまで出会ってきたどんな大人の男たちにも。

誰にも抱いたことがない、不思議で特別な感情を、私は古賀くんに対してもっている。

正直こんなくそガキは、まったくタイプじゃない。

でもなぜか『そう』なってしまったんだから、しょうがない。

てゆーか、もう全部を諦めていた私を無理やり外に連れ出してだね。

そのうえあんな素敵な光景まで見せられて、『そう』ならないほうがおかしいでしょ！

…………腹が立つけど。


だけど私は、この気持ちを伝えたりはしない。

その単語を口に出すことも、思い浮かべることさえも禁忌とした。

私も今の友達五人組のままでいたいから、ずっと隠しておくつもり。

ほんと誰かさんみたいなセリフだなあ……とか思いつつ、ちょっと笑みがこぼれた。

「そういや成嶋さんって、なんであんなバイトしてたんだ？」

「まあまあ、それはいいじゃん。もう辞めてきたんだし」

「あ、辞めたんだ？　店長にはなにも言われなかったか？」

店長じゃなくてオーナーだけど、もちろん言われた。

だけどそれでも、私はちゃんと自分の意思を示してきた。

◇

みんなでホタルを見に行った次の日。

私は昼過ぎに、まだ開店準備すらしていないクラブエデンを訪れた。

連絡はあらかじめ入れておいたから、オーナーのマサシも先にそこで待っていた。

マサシはバーカウンターで一人、ウィスキーのロックを飲んでいた。

「で？　昨日の件は説明してくれるんだろうな？　ああ？」

「私が高一なのにクラブで働いていたから、みんなが止めにきてくれた。それだけです」

「……まあいい。とにかく客の前であんな騒ぎを起こしたわけだし、もうお前をここで働かせるわけにはいかねえ。別の店紹介するから、そっち行け」

「お断りします」

私はきっぱり言った。

「もう連絡しないでください。私とマサシさんは、今日から他人です」

以前はフェードアウトして逃げたけど、今回はそうじゃない。

ここですっぱりと縁を切る。

「……夜瑠《よる》。お前が街のアホどもに狙われてたとき、助けてやったのは誰だっけか」

「マサシさんです。それについては本当に感謝してます。でも恩は返したつもりなんで」

「ちっ。ずいぶん強気じゃねーか」

舌打ちしたマサシは、苛立《いらだ》たしくウィスキーをあおった。

「お前はツラもカラダもいいから、客がつく。うちとしては、そんな金の成る木をわざわざ手放したくはねーんだけどな？」

マサシは反社との繋《つな》がりもある危ない男だったけど、決して最悪ってわけじゃなかった。

私を追い回していた男たちから助けてくれたのは事実だし、まだ中三だった私を自分の店で働かせたことだって、きっと匿《かくま》う意味もあったんだと思う。

たまに怖い連中の接待をさせられるのはすごく嫌だったけど、いろんな音楽に触れられるこのバイト自体は嫌いじゃなかった。むしろ、より音楽を好きになるきっかけにさえなった。

数えるくらいしかないけれど、マサシと音楽の話をしたこともある。

そういう意味では、歪《いびつ》ながらも私とマサシは、友達に近い関係だったのかもしれない。

だけど、それももう終わりにする。

「昨日お前を口説いてた男だけどな、お前が高一でもいいから紹介しろってうるせーんだよ。あいつ、うちのバーでよく貸し切りパーティするくらいの太客だし、たぶん一回セックスしてやったら相当金くれんぞ？　接待だけの臨時バイトでもいいから考え直してくれや。な？」

「お断りします」

暗闇とはここでちゃんと縁を切って、私はみんながいる陽の当たる場所に行きたい。

「あっそ。じゃあとっとと失《う》せろ」

マサシは興味をなくしたように、視線を外して手をひらひらと振った。

もっと強引に引き止められることを覚悟していた分、少し面食《めんく》らう。

……ありがとうございます。そのうちお客さんとして、また来ます。

口には出さず、私は頭を下げてから踵《きびす》を返《かえ》した。

「ああ、そうそう。なあ夜瑠」

バーカウンターで飲み続けるマサシが、思い出したように言った。

「昨日、お前の手を引っ張っていったあのオスガキだけどよ。ちょっと舐《な》めすぎてっから、下の連中使って、シメようかと思ってんだ。最後にあいつの連絡先くらい教えていけや」

「――――あははっ」

足を止めた私は、振り返ってマサシに近づく。

その胸ぐらを摑《つか》み上げて、バーカウンターにあったウィスキーボトルを鼻先に突きつけた。

「彼になにかしたら、本気で殺すから」

マサシは目を丸くしながらも――――笑っていた。

「なんだ。やっぱあいつ、お前の彼氏なんか？」

「そうなる予定はないけど、私の一番大事な人です」

「はは、なるほどな。お前みてーな怖い女にそこまで愛される男ってのは、幸せなのか不憫《ふびん》なのか……ま、なんにしろ、関わらねーほうがよさそうだな。お前に殺されたくねーし」

「どうも」

ボトルをそっと下ろした私は。

最後にマサシのグラスにそれを注いであげて、店を出た。

◇

「どうどう？　古賀くん、おいしい？」

「ああ。やるな猫かぶりおっぱい」

「んふふ、恐悦至極にございます。栄光あるクソガキー・キングダムの童貞大王様」

私の作ったハンバーグを頰張る古賀くんを見て、私は幸せを嚙《か》み締《し》めていた。

ほんとに、なんでこの人なんだろ。

どう見たって、トッチにいちゃんとは程遠いくそガキなのに。

ほっぺたにご飯粒をつけてるところなんて、まさにそうだ。

でもいい思い出ができたよ。

私は古賀くんの隣にいながら、ゆっくりと時間をかけて、次の恋を探すことにする。

そしたら私たちは、ずっとこの関係でいられるもんね。

気兼ねなく話せて、気兼ねなく遊びに行ける今の関係のままで。

その関係がずっと続くなら、私はとても幸せだ。

「んー、そっかそっか。やっぱり女の子に作ってもらうご飯は、おいしいか～。むふふっ」

ほっぺたのご飯粒を指で取ってあげた。もうそれだけで胸がいっぱいになる。

「単純に成嶋さんが料理上手ってだけだろ」

「えー、も～っ、ざ古賀のくせに嬉《うれ》しいこと言っちゃって～。喜んじゃうぞっ！」

「まあでも、朝霧《あさぎり》さんの料理だったら、もっとうまいって感じるのかな」

「あはは……

――――――――――――――――――――――――え？」


その言葉を聞いた私は、自分でもはっきりわかるほど。

顔がこわばっていた。

「ん？　どうかしたか、成嶋さん？」

そうだった。

古賀くんは火乃子《ひのこ》ちゃんが、好きなんだ。

改めてそれを思い出して、自分の料理と比較されてしまった私は。


心の奥底に、怪物の姿を見た。


闇に溶け込むようなどす黒さで、不気味にとぐろを巻いていたそいつが、ゆっくりと鎌首をもたげてくる様を見た。

かつて姉の双眸《そうぼう》に映り込んでいたものと同じ怪物。

そいつの名前は――――嫉妬だ。

「おーい、成嶋さん？　どしたー？　聞こえてるかー？」

次の恋を探すことにする？

なにを言ってるんだ私は。

この人を誰かに取られてもいいのか。

――いやだ。それはきっと耐えられない。

だけど私はもう、今の五人の関係を壊せない。壊したくない。

そんなことは当然、わかっているんだけど。

「…………『好き』なの……」

私の奥底に棲《す》まう怪物が、決して言ってはならないその禁句を、勝手に抉《えぐ》り出《だ》していた。

「え？　なんか言った？」

ありがたいことに、古賀くんには聞こえなかったらしい。

今ならまだ戻れる。まだ引き返せる。だからうまく誤魔化さないと。

でも。

そんな気持ちとは裏腹に。

私は座卓を回り込んで、古賀くんの隣に移動していた。

「なんだよ。なんでこっちに来――――んんっ⁉」

私は古賀くんの頭に両腕を回して。

彼の唇に、自分の唇を押し当てていた。

「ふ……ぅ……んんんんん～～～～～～っ⁉」

甘く痺《しび》れる電流が全身を駆け巡り、鼻から抜けていく。

すでに芽生えていた『恋』の萌芽《ほうが》が、爆発的に成長を遂げる。

ああ――――これが。

これがそうなんだ。

あの理知的な姉が、当時まだ十歳だった妹から男を引き離してしまうほどの独占欲。

途轍《とてつ》もなく甘美で狂気的で、この人が自分のすべてだと思えるほどの依存性と執着心。

私はこの瞬間、ずっと追い求めてやまなかった魔性の『恋』を、ついに識《し》ってしまった。


それに飢えすぎていた私は、夢中で古賀くんの唇を貪りながら。

彼を無理やり床に押し倒す。

とうとう巡り会えた『恋』を、慈《いつく》しむように愛《め》でるように。一方的に唇で確認していく。

「ん、んむぅ……ちゅぷ……はぁ……あむっ……ちゅ……」

それは相手の意思などお構いなしの、自分勝手でわがままで、恥知らずな行為。

あまりにも独善的で、私が嫌悪《けんお》する子どもそのものだ。

「ん――……ぷあっ！　ちょっ……ま、待って待って成嶋さん！」

だけど本物の『恋』は、女をただの愚かな子どもに変えてしまう。

「そ、その……いくら俺をいじめたいからって、これは、やりすぎだと、思うんだけど……」

私は今度こそ、明確な意思をもって、その禁句を届けてしまう。

「私、古賀くんが好き。火乃子ちゃんにだって渡したくない」

「は、はあ？　いや、だって成嶋さんは……俺のこと、嫌い……なん――――んんっ」

――ああ、本当にすごい。

ご飯を作ってあげたときの比じゃない。

彼を組み伏せて、唇を重ねているだけで、全身を蹂躙《じゅうりん》していく苛烈な多幸感。

「……ん……ちゅ……んんん～～～～っ！　好き……好き……っ！　好き……ッ！」

しかもそれは、キスを繰り返すたびに、強く大きく、際限なく肥大化していく。

「好き……ちゅぷ……好き……ちゅ、はあっ……！　好き、好き好き好き好きッッ！」

わずかに抵抗する古賀くんも、どこかで未《いま》だに制止を訴えてくる理性も、私はことごとくを無視して、この甘美な果実をひたすら貪ってしまう。

やっぱり私は、恋を渇望《かつぼう》したあの日から、狂ったままなんだ。

でも――――それがなに？

だってこんなの知ってしまったら、もう引き返せるわけがない。

私は断言できる。この恋以上の『恋』は、もう二度と見つからないと。

そして確信する。この人以外に『好き』になる人は絶対に現れないと。

視野が狭い？　世界は広い？　いい男なんていくらでもいる？

黙れ。

本物の恋の前でそんな一般論は、すべて他人の戯言《たわごと》に成り下がるんだ。

「——ん……ぷぁっ……古賀くん、私と付き合って。私の恋人になって」

やっと唇を離すことができた私は、とても近い距離のまま彼の瞳を覗《のぞ》き込む。

「え、だ、だって……ええ？　その……さっきから、正気なのか、成嶋……さん……？」

正気はとっくに失われている。冷静さを欠いてしまう異常性こそが本物の恋だから。

改めて姉と私は、血を分けた姉妹なんだと思った。

それでも私たちには、決定的に違う点がある。

「私はみんなに感謝してるし、みんなで過ごす時間が本当に大好き。これからも、あの五人の関係は絶対に壊したくない。だけど、それでも私は古賀くんの彼女になりたい」

「む、無理だって……グループのなかで彼女なんか作ったら、もう今の五人のままじゃ……」

私は彼の耳元に唇を寄せて、吐息のような小さな声で囁《ささや》いた。

「だから黙ってたらいいんだよ」

彼の両目が、より一層の驚きで大きく見開かれる。

「なっ……なにを……言って……」

「ねえ古賀くん。みんなには内緒で付き合おうよ。秘密で、こっそりと。ね？」

私は姉のように、恋人を作って二人で消えたりはしない。

この恋も、今の五人の関係も、両方捨てる気はない。

恋愛が一番大事。友達が一番大事。どっちも一番大事。

だったら『両方を一番のままで』かき抱けばいい。それだけの話だ。


「古賀くんは私のこと、嫌い？　好き？」

「そんなの、考えたことも……」

「じゃあ好きになって」

嫌いじゃないいなら私が努力すればいいだけ。単純にそう思ってしまっている。

だって私はもう、古賀くん以外の男なんて絶対に考えられない。

「い、いやいや……だって……え？　その……マジで、言ってる……？」

「あのさあ。私はいろんな男と遊んできたけど、キスもまだだって言ったよね？　この意味もわかんないほどバカなの？　だから嫌いなんだよなあ……超好きだけどさ」

「そ、そうじゃなくて、その……」

「大丈夫だよ。私たちならきっとバレない。今となにも変わらない五人組のままで、こっそり付き合っていける。私は古賀くんが望むなら、たとえ私たちが結婚したって、それを隠し通してみせる」

「そ、そんなの、無理に決まってるだろ……！　できるわけが、ない……」

「できるよ」

揺るぎない確信をもって言う。だって本当に自信がある。

「私ならできる。ううん、私たちにしかできない。私たちなら誰にも知られず、誰とも距離ができず、本当に今の五人組の温度のまま、なにも変わらずやっていける。だから、ね？　そうしよう？　みんなには内緒で、こっそり付き合っちゃおう？」

アパートの外で、急に蟬《せみ》が鳴き始めた。

もうとっくに夜なのに、それでも一斉に鳴き始める異常事態。

そんな異常な蟬《せみ》の声を耳にしながら、私は最後にもう一度だけ、古賀くんにキスをする。

ついばむように、二人だけの空間を愛おしむように――。

嘘《うそ》偽りのない、とびっきりの純愛の証《あかし》を、そっと彼に刻みつけた。

第十三話　背信

夏休みの最終日。

狭苦しい俺の部屋には、新太郎《しんたろう》と青嵐《せいらん》の二人がいた。

夏休みの宿題がまだ残ってたから、俺の部屋でラストスパートをかけようってことで、久々に男三人だけで集まったんだ。

「だあー、もう！　暑ぃし、むさ苦しいし、男ばっかきついわ！　いっそ成嶋《なるしま》でも呼ぶか？」

「あ、いいんじゃない？　隣の部屋だもんね」

青嵐の提案に新太郎が乗っかったんだけど、

「却下。女子二人はとっくに宿題を終わらせてたから、俺たちだけで集まってんだろ」

俺はやんわりと断った。

いま言ったことは本当なんだけど、成嶋さんとは会いづらいって部分が正直かなり大きい。

——大丈夫だよ。私たちならきっとバレない。

「うぐ……っ」

心臓がどきんと脈打ったんで、咄嗟《とっさ》に胸を押さえた。

新太郎がきょとんと首をかしげる。

「どうしたの？」

「あ、いや、別に……な、なんか胸がかゆいなーって。はは……」

もちろんあの日のことは誰にも言ってない。言えるわけがない。

「ちょっとトイレ借りるわ」

青嵐が席を立ったんで、部屋には俺と新太郎の二人だけになる。

「……なあ純也《じゅんや》」

新太郎が宿題の手を止めて、俺をまっすぐに見てきた。

「な、なんだ……？」

たったそれだけのことなのに、声がうわずってしまう。

いま新太郎と二人きりになるのはとても後ろめたい。

「あのさ……この前、二人でファミレスでした話、覚えてる？」

「え？　ああ、えっと……成嶋さんのこと、だよな？」

成嶋さんに告白するか迷っていた新太郎に、俺がストップをかけてしまったときのことだ。

「その……あれは本当に悪い。あのとき俺、お前の背中を、素直に押してやれなくて……」

「あー、違うんだ違うんだ！　そうじゃなくて、僕は感謝してるんだって！」

新太郎は手のひらをぶんぶん左右に振ってから続けた。

「まあ本音を言えば、ちょっとだけショックだったけどさ……でも、この夏を五人で過ごしてみて、改めて思ったんだ。やっぱり僕も今の五人のままが一番いいって」

「新太郎……」

「はは、成嶋さんのことは、正直まだ好きだけどさ。でも今は、へたに告白して五人の関係がギクシャクしてしまうことのほうが、よっぽど嫌なんだ。だからこの気持ちはもう絶対に漏らさない。僕と純也だけの秘密だ。あのとき僕を止めてくれて、本当にありがとう」

――きつい。マジできつい。

「おいおいおーい、聞こえちまったぞ～？　お前らだけの秘密だあ？」

トイレから出てきた青嵐が新太郎の横に座って、その小さな肩にごつい腕を回す。

「うわ……なんで聞こえるんだよ……小声で話したつもりなのに」

「俺の地獄耳を舐《な》めんなよ？　つかお前、成嶋のこと好きなら、さっさと告ればいいじゃん。五人の関係うんぬんとか、そこは気にしてもしょうがなくね？　なあ純也？」

青嵐が握りしめた拳を軽く突き出してきた。

フィスト・バンプ――俺たちの大好きな仕草。痛々しい青春の象徴で、固い友情の証《あかし》。

「あ、ああ……」

小さな声を漏らしながら、俺も自分の拳をそろりそろりと突き出す。

青嵐のほうから固い拳をごちんと突き合わせてきた。

いつもは気にならなかったのに、今日はやけに痛い。

「な？　つーわけで、俺も純也も応援してやっからよ。んじゃここに『新太郎の恋を応援する同盟』を結成するってことで」

「だ、だから僕はもう告白する気なんかないの！　ずっと今の友達五人組のままでいいの！」

「うっわ、声でっけ。成嶋の部屋にも聞こえたんじゃね？」

「うぐ……」

小さくなった新太郎は自分の口を押さえたあと、俺に優しい顔を向けてきた。

「本当にごめんよ純也。あのときの僕がどうかしてたんだ。純也がどれだけ今の五人の関係を大事にしようとしてるかは、僕が一番よく知ってたはずなのにね。『彼女を作らない同盟』のことだって、実際のところ半分本気だったんでしょ？」

それは中学のとき、俺がノリで発足したアホ同盟。

「は、はあ？　本気なわけないだろ……だってあんな同盟、ただのおふざけで……」

新太郎は言いづらそうに上目遣いになって、

「でも、その……ほら、純也はあのとき、いろいろあったから」

「あ……」

和道《かずみち》とめぐみのこと。新太郎はそれを言ってるんだ。

グループ内でカップルができて、俺が一人置き去りになってしまったときの、あの話。

そのあたりの事情は、もちろん青嵐だって知っている。

そんな二人に俺が『彼女を作らない同盟』なんてバカなことを切り出したら——。

「ち、ちがっ！　違うんだ！」

俺は必死になって弁明した。

「あんな同盟、本当に深い意味なんてなかったんだよ！　そんなの当たり前じゃないか！　そりゃ、あのタイミングで俺が言うとか、シャレにならないことだったかもしれねーけど……！　でも俺は本当に、お前らが誰と付き合おうと、祝福するに決まって……！」

「わかってるって。でも少なくとも純也は彼女を作る気がなかった。とくに自分からグループに恋愛問題を持ち込むことだけは絶対にやめようって思ってた……そうでしょ？」

「それは……そう、だけど……でもそんなの！　俺が勝手に決めてた自分ルールで……！」

「うん。それもわかってるよ。だから、こうしようよ」

パン、と両手を叩《たた》いた新太郎が、俺と青嵐を見回してから、

「僕らは『彼女を作らない同盟』を改め、『〝グループ内では〟彼女を作らない同盟』をここに結成する！」

――――ッ⁉


「んん？　そんじゃお前、マジで成嶋には告らねーつもりなんか？」

「もちろん。もう純也には、中二のときみたいな不安な思いは絶対にさせない。だから少なくとも、グループ内で告白したり、彼女を作ったりすることだけはナシにしよう」

待ってくれ……ちょっと待ってくれよ……。

「ま、別にいいんじゃね？　どうせ俺は最初から彼女とか作る気ねーし。成嶋も朝霧《あさぎり》も全員でつるんでたほうが楽しいしな。なあ純也？」

さすがに居《い》た堪《たま》れなくなった俺は、

「ちょ、ちょっと……俺……トイレ……」

逃げるようにその場を離れた。


便器に向かって盛大に吐く。

「……ぐっ……おええ……」

押さえきれない罪悪感と、自分に対する嫌悪《けんお》感。

それぱっかりは、いくら吐いても体の外には出ていかない。

「……なにをやってんだ俺……マジで、なにやってんだよ……っ！」

成嶋さんに告白されて、一方的にキスをされたあの日。

信じられないけど。自分でも本当に恐ろしくて仕方がないけど。

抗《あらが》いきれないひとつの感情が、心の中に一瞬で芽生えてしまった。


俺はあの瞬間、成嶋夜瑠に恋をしてしまった。


それまで一度も考えたことはないし、絶対にありえないはずだったのに。

青嵐に向いていると思っていた好意が、まさかの俺のほうに向いていて。

安全だと思い込んでいた小動物が、もっとも無防備なところから突然牙を立ててきた。

俺の深い部分に突き立てられたその毒牙《どくが》には、痺《しび》れるような痛みと快感があって。

内側から溶かされた。

圧倒的な暴力性で無理やり俺に「男」を想起させ、無理やり彼女の「女」を叩《たた》き込まれた。

もう朝霧さんに対して抱いていたほのかな恋心でさえ、粉々に砕かれてしまったほど。

ひどく扇情的な目を向けて、呪詛《じゅそ》のように愛を囁《ささや》いてきた成嶋夜瑠《よる》に、俺は一瞬で魅了されてしまったんだ。

――古賀《こが》くん、私と付き合って。私の恋人になって。

「…………ッ！」

思い出すだけで身を貫くような甘い痛みと、身がすくむような恐怖が去来する愛の告白。

ぶるぶると首を左右に振る。

無理だ。無理だ無理だ。無理に決まってる。

だってそんなの、できるわけがない。

彼女は作らない、とくにグループのなかでだけは絶対。

そんなことを豪語していた俺が。

無責任にも『彼女を作らない同盟』なんてバカなことを口走ってしまった俺が。


今さらどのツラ下げて、真っ先にグループ内で彼女を作れるっていうんだよッッ!?


ああそうだよ！　俺はもう、許されるなら成嶋さんと付き合いたい、なんて思ってるよ！

でもそんなの……裏切りだろ…………酷すぎる仕打ちだろ…………！

だって俺は新太郎に、告白はやめておけなんて言ってしまって。

しかもあいつは俺の過去の傷を配慮して、本当に気持ちを伝えない決意までしてしまって。

今の友達五人組が一番いいとか。もうグループに色恋沙汰をもちこむのはやめようとか。

その結果『〝グループ内では〟彼女を作らない同盟』だぞ!?

もうそんなことにまでなってしまったのに。

じつはまさかの俺が、成嶋さんと付き合いたいって思ってるなんて。

そんなの、そんなこと口が裂けても、言えるわけが……ッ！

——だから黙ってたらいいんだよ。

「～～～～～～～～～～～～～～～ッ！」


耳元で蠱惑的《こわく》に囁《ささや》かれたその言葉が喚起されて、また吐き気に襲われた。

あのとき少しでも揺らいでしまった自分が、浅ましくて、恥ずかしくて、本当に怖くて。

でも結局は成嶋さんを拒否できず、かといって、もちろん受け入れることもできず。

こうして宙ぶらりんのままにしてしまっている。

こんなの性格が悪いなんてレベルじゃない。俺は最低最悪のクソ野郎だ。

「……うう………えぐっ………ぐ………っ」

両目をぎゅっと閉じたまま、涙を流した。

「最低だ……俺、ほんとに最低だよ……っ！」

なによりも最低だったのは、告白の返事を保留していること以上に——、

「……俺……あのときのキスが……きもちいいって、思ってしまった……！」

——成嶋夜瑠っていう友達相手に欲情してしまったことだ。

怖い。成嶋夜瑠が怖い。それでも惹《ひ》かれている自分が怖い。あの暴力的な愛情を浴びて、俺

の価値観が根底から覆《くつがえ》されそうになってることが怖い。

あれから成嶋さんと二人きりになったことは、まだ一度もない。

でも五人でなら、何度も会っている。

みんなでファミレスに行ったり、カラオケに行ったり、ゲーセンに行ったり。

五人でいるときの成嶋夜瑠は、相変わらずの猫かぶりで、俺とも普段どおりに接してくれていた。それはもう、清々《すがすが》しいほどいつもどおりで。本当に完璧すぎて。

あの夜のことは、全部俺のエロい妄想だったんじゃないかって疑いたくなるほどに。

でもそんなことは絶対にありえない。

だってこうして自分の唇を、指の腹でそっと押してみると。

あいつの唇の感触も温かさも、鮮烈に、生々しく蘇《よみがえ》ってきて――――……。

握りしめた拳をトイレの壁に叩《たた》きつけた。

「なんだなんだ？　どした純也？」

「気分でも悪いのかい……？」

異常を察した親友たちが、トイレの外から心配の声をかけてくれる。

俺が恥知らずの裏切り者だってことも知らずに。

「おーい純也。大丈夫かよ？」

青嵐は誰よりも俺の価値観に近い親友。彼女を作るより友達と遊んでるほうが楽しいっていう男。中学のとき、こいつのその言葉に俺は心から共感した。

そんな俺が、まさか今では友達を差し置いて成嶋さんと付き合いたいって思ってるなんて、こいつはきっと一ミリも考えてない。

「具合悪いなら寝たらどう？　僕らは帰るからさ」

新太郎は一番古い親友。中学のとき、俺はこいつがいなかったら本当にだめになっていた。そんな大切な親友が成嶋さんを好きになったのに、俺は告白はやめろなんて言ってしまった。

そんな俺が、まさか成嶋さんに告白されてキスまでしてしまったなんて、こいつはきっと夢にも思ってない。

「とりあえず、今日のところは俺ら帰るわ。まあ『ＧＫＤ』については、また今度男三人だけで決起会でもしようや。ガチで体調やばかったら病院行けよ？」

トイレの外から帰り支度を始める音が聞こえてくるなか、青嵐が口にしたそのよくわからない単語がやけに耳に残った。

「ＧＫＤ……？」

「おう。『グループ内では彼女を作らない同盟』の略」

「ローマ字略かよ……ッ！」

かすれた声でどうでもいいツッコミをしながら、俺は心臓が握り潰されたような錯覚に囚《とら》われる。

くそ――……くそくそくそくそくそッッッ！

だめだ。もう本当に耐えられない。

ずっと避け続けてきたけど、やっぱり成嶋さんには明日にでもきちんと話そう。

ＧＫＤなんていう、俺にとってピンポイントな同盟が立ち上がった以上、もう余計にだ。

ちゃんと俺の口から成嶋さんに、「付き合えない」って言う。

キスを拒否できなかったくせに、今さらどの口がって思うけど、それでも言わなきゃだめなんだ。

俺は青嵐たちが部屋から出ていくのをしっかりと待ってから。

便器に落とした血のような嘔吐《おうと》物を流して、トイレの外に出た。

長いようで短かった夏が終わって、二学期の始業式。

俺たち五人はホームルーム後の教室で、いつものように談笑していた。

そこだけを切り取れば、夏の前からなにひとつ変わってないように見える。

「なあ、このあとどっか寄るよな？」

「もちろん！　あたしはカラオケを所望するっす！」

「あ、僕、この間の割引クーポン持ってるよ」

「あはは……えっと、その、まだお昼前だし、フリータイムにしとく……？」

今日も成嶋さんの猫かぶりは絶好調。

本当になにも変わらない、いつものバカ楽しい五人組だった。

だけど夏が終わって、俺たちは確かに変わってしまった。

それもまったく想像してなかった方向での、歪《いびつ》すぎる変化があった。

成嶋さんの気持ちと、俺の気持ちだ。

俺はこれから、そんな気持ちに決着をつけにいく。

成嶋さんに「付き合えない」って言ったあと、それでも今までどおりの変わらない関係でいてほしいって頼んでみるんだ。

自分勝手で傲慢で、あまりにも失礼な話だと思う。

でも、それでも伝えなきゃだめなんだ。

やっぱり俺にとってこの五人組は特別で、誰か一人でも欠けることなんて想像もしたくない最高の仲間たちで……成嶋さんともずっと友達を続けたいから。

「……あー、ちょっと俺、トイレに行ってくるわ」

みんなの輪を抜けて、一応は男子トイレのほうに向かう。
適当なところでスマホを取り出し、成嶋さん個人にメッセージを送る。
それはもう、とっくに慣れてしまった二人だけの秘密のやりとり。

古賀純也【悪い。今から屋上まで来てくれないか】
成嶋夜瑠【わかった。みんなには校門で待っててもらうね】

……返信が早すぎる。
まさかあいつ、俺が教室を出たあと、ずっとスマホを見てたんじゃ……？

まだまだ残暑がきつく、青すぎる夏空が未《いま》だに広がる屋上で待っていると。
やがて彼女が一人でやってくる。
風が吹きつけて頬にかかった長い黒髪を、艶《あで》やかな仕草で耳にかけながら。
みんなの前では決して見せない、あまりにも魅力的な笑みをたたえながら。
成嶋夜瑠が、やってくる。
「ふふ。二人きりで会うのは久しぶりだね」

「ああ……」

「私、ずっと古賀くんと二人きりになりたかったから、今すごくドキドキしてる。部屋に行くのも連絡するのも、ずっと我慢してたんだからね？」

「……そ、そうか」

かくいう俺の心臓も、成嶋さんと二人きりになってから、ずっとやかましく騒いでいる。

心を射抜くような、溶かすような、愛らしくも恐ろしい笑顔で、俺をじっと見つめてくる。

「ね、もしかしてさ。私と付き合ってくれる気になったから、呼び出してくれたとか？」

「……その話なんだけど、やっぱり俺は」

「んふふ」

成嶋夜瑠は慈《いつく》しむようにゆっくりと、俺の首に腕を回してきた。

身をピッタリと寄せて、両目をそっと閉じて、自分の唇を少しずつ近づけてくる。

「ちょ……っ！　ま、待ってくれ！　俺はまだ――――んっ」

抵抗する時間は十分あったはずなのに。

その禍々《まがまが》しい色香と情念を浴びてしまうと、また動けなくなって。

俺はまたその毒性の強いキスを受け入れてしまう。

やがて身を離した成嶋夜瑠は、赤い舌で自分の唇を小さく舐《な》め取った。

何日かぶりに交わしたキスの味を、丁寧に優しく確かめるように。

「ふふ、避けられたらどうしようって思って、ちょっと怖かった。私、ずっと古賀くんとキスがしたかったから、本当に嬉《うれ》しい。ねえ、今日は部屋に行ってもいい？」

「いや、その……やっぱだめだって。俺はみんなを裏切れない。だから成嶋さんとは……」

キスは避けられなかったくせに、最低の発言だと思う。

だけど成嶋さんは、

「それって私のことは好きだけど、付き合うことはできないってこと？」

「それは……その……」

「ふふ、嬉《うれ》しい。やっぱ私、古賀くんじゃないとだめだ」

「な、なんで⁉　俺、めちゃくちゃなこと言ってんのに――んむっ⁉」

今度は打って変わって暴力的に俺の頭を押さえつけて、濃厚なキスを浴びせてくる。

何度も何度も、激しく浴びせながら言ってくる。

「……ちゅ……だってさ……あむっ……私のこと、好きなのに……はあっ……みんなとの関係は壊せないから、私と付き合うことができない……んむっ……そう言ってるわけだよね？」

「ん――……ぷあっ。だ、だからちょっと待ってって……俺の話も聞いて」

「ちゃんと聞いてるよ。でもそういうことなんでしょ？」

そのくりくりした瞳のなかに映り込む、情けなくて恥知らずな俺が――頷《うなず》いていた。

「んふ。そんなざ古賀くんが好き。嫌いだけど、本当に好き。私……恋、しちゃってるよ？」

両手で俺の頬をつねって、びよんびよん引っ張ってくる。やっぱりこいつはいじめっ子だ。

「……俺は成嶋さんが、本当に……苦手だよ」

「あはは。童貞大王様に私みたいな女は、刺激が強すぎる？　もしかして、ちょっと怖い？」

「自覚あんのかよ……めちゃくちゃ怖いわ、この猫かぶりおっぱい……」

以前と同じように軽口を叩《たた》きあっても、心臓はずっとドキドキしたまま。

「私もずっと今の五人組のままがいい。でも私たちならきっと大丈夫。こっそりと付き合っていける。だから――ね？」

成嶋夜瑠は立てた人差し指を口元に添えて、かすれるほどの小声でささやく。

「みんなには内緒で、秘密で、もう付き合っちゃおうよ？」


それは俺にとって、目も眩《くら》むような背信。

耳を貸す必要もない、トチ狂った女の妄言。

だけど。

成嶋夜瑠が醸《かも》し出《だ》す濃い霧のような情念が、俺の視界も、呼吸も、思考さえも奪っていく。

「友達が最優先。恋愛も最優先。だからどっちも最優先にしたいの。それじゃだめ？」

「無茶苦茶だ……言ってることが矛盾しまくってる……それこそ子どもじゃないか……」
「じゃあ私も、くそガキでいいや」

先の見えない濃霧のなかで、もう一度俺の唇を奪う成嶋夜瑠。
その秘密のキスは甘くて苦い。
いつの日か、手のひらのアイスを舐《な》めとった味と、完璧な相似形。

本当に、本当に……変わらないのか？
仮に俺と成嶋さんが恋人になっても、誰にもバレなかったら。
俺たち五人の関係は、本当になにも変わらないのか……？

やっぱり俺にはわからないけど。でもこれだけは確かに言える。
成嶋夜瑠は数えきれない矛盾を秘めた女の子。
大人のようなことをするけど、中身はやっぱり子どものままで。
気が強くて性悪だけど、寂しがり屋で純粋で。
歪《ゆが》んでいるけど、まっすぐで。
怖いけれど――――愛《いと》しくて。
友達なのに――――恋人にしたくなるほどの。

途轍《とてつ》もなく魅力的な女の子だった。

◇

古賀純也と成嶋夜瑠が秘密の逢瀬《おうせ》を交わしていた頃。

宮渕《みやぶち》青嵐、田中《たなか》新太郎、朝霧火乃子《ひのこ》の三人は、なにも知らずに校門の前で待っていた。

夏休みは楽しかったね。

二学期かったるいなあ。

次の中間いつだっけ？

そんな話で暇を潰していた三人だったが、新太郎がそのきっかけを作った。

「それにしても、遅いなあ。なにやってんだよ、二人とも」

「純也はトイレで、成嶋は先生からの呼び出しだろ。でもまあ……」

青嵐が何気なく、本当に何気なく、冗談でこう言った。

「もしかして二人で、なんかやってたりしてな？」


「えっ⁉」

過剰に反応したのは、朝霧火乃子。

「なんかって、なに……？」

「いや、別にとくに意味はねーけど。つか、ただの冗談じゃねーか」

「ん、んも〜。冗談でもそんな不安になるようなこと言わないでよ〜」

「あ？　なんで朝霧が不安になるんだよ？」

「え、それはその……ま、まあいいじゃん！　あー、早く二人とも来ないかな〜っ！」

火乃子は言えなかった。

もう少しこの仲良し五人組のままでいたかったから、決して言うわけにはいかなかった。

よく晴れた九月初頭の空には、まだまだ夏の残滓《ざんし》が嗅ぎ取れる。

そんな青空の下。秘密の逢瀬《おうせ》を重ねている二人がいるとも知らず、ただ空の向こうに一人の男子の姿を思い浮かべる一人の女子。

その胸中にあるのは、夏の尾を引く淡い恋心――――。

そして季節は夏から秋へと移り変わり。

五人の子どもたちは、少しずつ歪《ゆが》みながら、まっすぐ大人になっていく。

あとがき

こんにちは、真代屋秀晃《ましろやひであき》です。各種ゲームのユーザー名はだいたい「ましろん」です。もしどこかで見かけたら優しくしてやってください。そして星の数ほどある小説作品の中から本作を見つけてくださった皆様、本当にありがとうございます！

本作は男女の親友五人組のなかで、こっそり恋愛していく秘密のラブコメです。いかがだったでしょうか!? ちょっとでもドキドキしてくださったら嬉《うれ》しいです！

僕は「ヒップホップで召喚バトル」なんてラノベでデビューして以来、ずっとコメディ色が強めのものを書いてきたんですけど、今回は従来のノリも残しつつ、仄暗《ほのぐら》さアップです。じつはですね。最初本作は「もしかしたら出せないかな～」とか思いながら書いてたんですよ。僕の普段の方向性もそうですし、ヒロインもちょっと特殊ですし、なにより今回は担当さんのGOサインが出る前に、勝手に書き上げちゃったからなんですよね。

担当さんにはいつも三、四本のプロットを送って、その中から一本を選んでもらってから書き始めるんですけど、今回はその返事待ちの間が、ちょうど長い外出自粛期間中でして。どこにも行けないし、もう返事を待ってる間にこれ書いちゃえって。

プロットがボツになったら原稿も無駄になっちゃうんですけど、まあそれならそれで仕方ないよね、とか思ってたところに、担当さんから電話がかかってきて。

『プロット読みました。次回作はどれでいくかなんけど』

「あ、すいません。じつはもう本文できてるやつがあるんですよ。もちろんプロット的にボツだったら……」

『ああ？　いや、できてるのがあるなら読むけどさ』

で、その後原稿をバッチリ読んでいただいた結果、打ち合わせをして手を加えて、本作が世に出ることになりました。あのとき担当さんが読んでくださらなかったら、たぶん終わってました。本当に感謝感謝です。あと勝手に書き始めちゃって本当にごめんなさい。

そしてこのあとがきを書いている時点で、なんと二巻の原稿もほぼ書きあがっています。友達最優先の古賀《こが》純也《じゆんや》と、恋愛最優先だった成嶋《なるしま》夜瑠《よる》は、一巻ラストであぁなっちゃいましたけど、果たして二巻ではどうなってしまうのか⁉　そしてほかの三人は⁉　加速する秘密のイチャラブ＋五人の子どもたちの成長物語としても、楽しんでいただければ幸いです！

担当編集の阿南《あなん》様、大澤《おおさわ》様、そしてイラストのみすみ様。本当にお世話になりました。それでは皆様、二巻でも是非是非お会いしましょうね！

追記・ライブハウスやクラブのオーナーは、皆さんすごくいい人たちです。本作のマサシが変なだけです。もちろん未成年は絶対にバイトしちゃだめです。こら夜瑠！

十二月十四日　ヨルシカ大好き真代屋秀晃

◉真代屋秀晃著作リスト

「韻が織り成す召喚魔法1～3」(電撃文庫)
「レベル1落第英雄の異世界攻略I～III」(同)
「転職アサシンさん、闇ギルドへようこそ!1～3」(同)
「誰でもなれる!ラノベ主人公 ～オマエそれ大阪でも同じこと言えんの?～」(同)
「まさか勇者が可愛すぎて倒せないっていうんですか?」(同)
「異世界帰りの俺(チートスキル保持)、ジャンル違いな超常バトルに巻き込まれたけれどワンパンで片付けて無事青春をおくりたい。1～2」(同)
「ウザ絡みギャルの居候が俺の部屋から出ていかない。①～②」(同)
「友達の後ろで君とこっそり手を繋ぐ。誰にも言えない恋をする。」(同)

本書に対するご意見、ご感想をお寄せください。

ファンレターあて先
〒 102-8177　東京都千代田区富士見 2-13-3
電撃文庫編集部
「真代屋秀晃先生」係
「みすみ先生」係

本書は書き下ろしです。

電撃文庫

友達《ともだち》の後《うし》ろで君《きみ》とこっそり手《て》を繋《つな》ぐ。誰《だれ》にも言《い》えない恋《こい》をする。

真代屋秀晃《ましろやひであき》

2022年２月10日　初版発行

発行者　青柳昌行
発行　株式会社KADOKAWA
〒102-8177　東京都千代田区富士見2-13-3
0570-002-301（ナビダイヤル）
装丁者　荻窪裕司（META＋MANIERA）
印刷　株式会社暁印刷
製本　株式会社暁印刷

ISBN978-4-04-914291-4　C0193　Printed in Japan

電撃文庫　https://dengekibunko.jp/

電撃文庫創刊に際して

文庫は、我が国にとどまらず、世界の書籍の流れのなかで〝小さな巨人〟としての地位を築いてきた。古今東西の名著を、廉価で手に入りやすい形で提供してきたからこそ、人は文庫を自分の師として、また青春の想い出として、語りついできたのである。

その源を、文化的にはドイツのレクラム文庫に求めるにせよ、規模の上でイギリスのペンギンブックスに求めるにせよ、いま文庫は知識人の層の多様化に従って、ますますその意義を大きくしていると言ってよい。

文庫出版の意味するものは、激動の現代のみならず将来にわたって、大きくなることはあっても、小さくなることはないだろう。

「電撃文庫」は、そのように多様化した対象に応え、歴史に耐えうる作品を収録するのはもちろん、新しい世紀を迎えるにあたって、既成の枠をこえる新鮮で強烈なアイ・オープナーたりたい。

その特異さ故に、この存在は、かつて文庫がはじめて出版世界に登場したときと、同じ戸惑いを読書人に与えるかもしれない。

しかし、〈Changing Times,Changing Publishing〉時代は変わって、出版も変わる。時を重ねるなかで、精神の糧として、心の一隅を占めるものとして、次なる文化の担い手の若者たちに確かな評価を得られると信じて、ここに「電撃文庫」を出版する。

1993年6月10日
角川歴彦